老いの楽しみ

沢村貞子

筑摩書房

もくじ

I

Ⅱ

老いの楽しみ

I

執着・みれん

「御誂《おんあつらえ》」と筆太に書かれた畳紙《たとうがみ》を開いたまま……私は、ボンヤリしていた。真白い紙の上には、ついさっき、なじみの呉服屋、Iさんが届けてくれた新しい着物と帯——細いしつけ糸が光っている。

渋い利休茶のところどころに白く小さい水玉をとばした着物は、なんとも粋で上品だし、明るいクリーム地に濃い緑のぼかしをあしらった帯のしゃれていること……。私の好みを知りつくしているIさんが、ついこの間、ほかの用事で訪ねてきたとき、チラリと見せられた反物の美しさに、つい、仕立てを頼んだものだった。

(それにしても、今頃、なぜ……)

どうして、こんな着物や帯を新調する気になったのか……自分でも、わからない。永い間住み慣れた東京の家から、ここ、湘南のマンションに引っ越してかれこれ二年、ほとんど外出することもない老女……間もなく八十五歳の誕生日を迎えようとしているのに――あの引っ越しのわずらわしさを、もう忘れたというのだろうか。

あれは、梅雨空がどんより曇った日だった――東京の家の縁側で新聞を読んでいた家人が、フッと言いだした。

「……もう、あと、いくらもない人生だからね、どこか、海の見えるようなところでのんびり暮らしたいなあ、そうすりゃあ、つまらない欲や見栄もなくなって、ごく自然に幕をしめることができるような気がするしね」

「え?　海の見えるところって、どこへ?」

引っ越しなど、夢にも思わなかった私は、とまどったが、家人は本気らしかった。

「どこでもいいけど、とにかく、お互いにもう、都会の真中で頑張っているともないんじゃないかねえ、文字通りの余生なんだから……」

そう言われれば、たしかにそうだと思う。家人は半生かけた映画雑誌を手離し、その後のテレビの評論活動もやめて十年あまり……私も六十年の女優稼業の店じまいをしたことだし——毎日、本を読んだり、おしゃべりをしたり、小さい庭の花の世話をして静かに暮らしているものの、人間は飽きる動物……見かわす顔も相変らずだし、心をこめた手料理もくり返しが重なれば、やがては喉を通らなくなる。

どうやら、この家の四十年あまりの暮らしにも変化が必要になったらしい——引っ越しは大変化ということ。思い切って、なじみすぎた暮らしに別れをつげ、身のまわりの余計なものをすっかり捨てて身軽になり、毎日、きれいな海を眺めていれば、いい幕切れになるかも知れない。そう——その方がいい。

一日一晩考えたあげく、心を決めて家人に言った。

「引っ越しましょう、海の見える家をさがして……どうしても必要なものだけ持って、そこへ行って身軽な暮らしをしましょう」

気のせいか、家人の顔がサッと明るくなった——その頃、しきりに身体の不調を訴えていたのだけれど……。

「うん、そうしよう、それがいい。引っ越すなら早い方がいい、何しろ、こっちは先が短いんだからね」

急に老夫婦の隠居所さがしが始まった。まわりの人たちがかけまわってくれたおかげで、湘南の一隅にのぞみどおりのマンションがみつかったのは一月あまりあとのこと——八階の南向きの居間は広い海にのぞみ、夕陽がなんとも美しい。

運よく、新居と旧居の買い換えもなんとかできることになったが……それからの一カ月は目のまわるような忙しさだった。四十年以上の暮らしの間に、昔風の木造家屋の隅ずみにつめこんだものの始末で頭が痛かった。マンションは便利にできているけれど、押し入れはほんとにすくない。

「とにかく、どうしても、なくては困るものだけを持ってゆきましょうね」

一日に二度も三度もその言葉を口にしたのは、とかく、古いものを捨てきれない明治ものの自分を納得させるためでもあった。せっかくのマンション暮らしに、ものに囲まれて小さくなっているなど……しまらない。

ところが困ったことに、次から次へ新しいものが売り出されている現在、古いものの引き取り手がない。考えあぐんだ末、思いついたのがテレビ局の美術部——ドラマに必要な家具、小道具、衣裳その他を一手に引きうけているところ——そこへ声をかけると、知り合いの係の人が二つ返事でとんできてくれた。大きなトラックを五、六回ものりつけただろうか……椅子、テーブルから家人の古い靴まで持っていってくれた。

「この間の着物、衣裳さんがとても喜んでいましたよ、おかげで大正ものが安心してやれる、って……あんな古い柄、めったに手にはいらないそうですね」

昔の着物がドラマの役に立つというのは、もと女優として、やっぱり、嬉しかった。

「……じゃあ、この羽織も、この帯も持ってって頂戴」

たかが脇役女優の衣類――高価なもの、派手なものはなかったけれど、それにしても六十年の間には、四季それぞれのものがたまっていた。それぞれに、何かしら思い出もあったけれど……きれいさっぱり、身のまわりを片づけるのが今度の引っ越し――残したのは十枚たらずの着物と帯……白くなってきた髪に似合いそうなものだけだった。

（それなのに――また、新しい着物をこしらえるなんて……なんだか恥ずかしい。人間というのは、こんなものなのかしら……）

いつまでも坐っている私を、テラスの家人が窓からのぞいて笑っている。

「オヤオヤ、まだ見惚れているの？　いい柄じゃないか、似合うよ、きっと……女の人っていうのは、いくつになっても、やっぱり、着物が欲しいんだねえ」

そう、ほんとに――いくつになっても、私は人間だし、女だし……へらしたものをまた欲しがったり、なんとか老醜をかくしたい、とあせったり……。

ま、いいでしょう、そんな心根も、なんとなく、いじらしいじゃありませんか。

さあ――それより、この着物を着て、この帯をしめて……いったい、どこへ行ったらいいのかしら。早く決めないと――間に合わない。

立ち上って窓辺にゆくと、真青な広い海の上に鳶の群が低く高くスイスイ……ときどき私たちを見ているような気がする……鳶も呆れているのかも知れない。

年寄りはブラブラ

　午後――書斎から出てきた家人は、スッキリ、明るい顔をしていた。お天気男で、朝のうちはどんより曇った空模様をしきりにうっとうしがっていたのに……。

「いやあ――ホッとしたよ、年寄りはブラブラしていてもいいんだってさ、よかった。まったく、いいこと言ってくれるなあ、あの先生は……」

　臨床心理学の河合隼雄先生の著書『老いのみち』を読んでいたらしい。

「こっちはなにしろ、昔ものだからね、毎日こうやってのんびり暮らしているると、ときどきフッと気がとがめて困っていたんだ、こんなことしていていいのかなあ……こんなに怠けていいて、なんて……」

何にもしないのは悪いこと——そう思うのは、あながち明治ものとは限らない。この間も、久しぶりで訪ねてきた知人——四十をすぎたばかりのSさんがしきりに言っていた。

「人間、いくつになっても、なにか、生き甲斐を持っていなけりゃ駄目ですよ、毎日、そうやってボンヤリしていると、どんどん老けこむんじゃないですか、元気を出して、なんでもいいから、生き甲斐をみつけて、張り切って、一生懸命生きて下さいよ」

老人夫婦をなんとか励まそうとする優しさはよくわかった。たしかに——することがないより、ある方がいいかも知れない。

けれど——私たちは、永く暗く辛い戦争時代をはさんで、劇しく移り変ってきた世の中で、とにかくにも、自分のできるかぎり、精いっぱい働いて、なんとか、八十すぎまで生きのびてきた老人である。いまさら、何をしたらいいのか、何をなすべきなのか——わからない。

それにしてもしあわせなことに、私たちには持って生まれた福分がまだ残っていたらしく、この齢《とし》になって、ゆっくり住めるところと、残りの何年かをどうやら暮らせるゆとりを手にすることができた。永い間の仕事をやめて肩の荷をおろし、のんびり海を眺め、うつらうつらと居眠りをする楽しさ……永い間の夢がやっと叶えられたわけだった。たった一つ——毎日、こんな暮らしをしていていいのだろうか、怠けすぎて、今日《こんにち》さまに申しわけが立つのだろうか——それだけが、何ごとにも几帳面で潔癖な、情の人——家人の気がかりらしかった。

その、キッチリ屋さんの気持を軽くしてくれたのが、

「年寄りはブラブラしていていい」

と書かれた河合先生の本だった。

「いいこと聞いた、いいこと読んだ」

と、すっかり喜んで、機嫌がいいこと。

家人に比べると——私はかなりいい加減で単純な下町女だけれど、それでも、とにかく明治、大正、昭和、平成と、溜息が出るほど永い年月を、ただ

もう忙しく働きつづけてきたものだった。

三年前、六十年近い女優稼業の店じまいをした私に、

「すこし、遊んだらどうですか、働きづめだったんですから……」

としきりにすすめたのは、永い間、私を支えてきてくれたマネージャーのY女史だった。私も、

「ほんとによく働いたものね、これからは盛大に遊ぶことにしましょう」

などと景気よく返事をしたものの……さて、遊ぶとしたら、何をしたらいいのか、さっぱり見当がつかなかった。お酒は一滴ものめず、ゴルフは全然知らず——若い頃、つきあいで多少は知っている麻雀も、齢とともに億劫になったし、低血圧のせいか、旅行も気がすすまない。芸能界のつきあいも、昔から、いっさい、したことがなかったし、考えてみると、学生時代も家庭教師のかけもちが忙しく、友だちとゆっくりおしゃべりをしたおぼえもなかった。

(そんな人生を、後悔することもなく、結構楽しかった、などと思っている

のはなぜだろう……遊びたい、とどうして思わなかったのかしら）

遊ぶ、というのはいったいどういうことなのか――思いついて手許の辞書を何冊かひらいてみた。

○仕事や勉強をしないで、楽しく時をすごす。

○何の職業ももたずにいる。

○酒、女、ギャンブルに耽ける。

○旅行する。

などなど……酒色や怠惰にかかわることの多いなかに――あった……私自身、思い当たることが……。

○自分の楽しいと思うことをして、心を慰める。

そう――これが私の遊びだった。振り返ってみると、私は若いときから、自分で楽しい、と思うことだけをしてきた。傍目《はため》はまるで気にしなかった。そのために辛い目にもあったけれど、自分の好きなことをするのだから、そのくらいは当り前、と心を決めていたから、耐えられた。ただ、まわりの人に、なるべく迷惑をかけないように……気をつけたのは、それだけだった。つまり、私はどうやらずっと遊び呆けていたのだから、後悔することもなく――つい、結構面白い一生だった、などと気楽なことを言ってしまうらしい。

まあ、いいでしょう、これからもせいぜい遊ぶことにしよう……というわけで、新聞の、「八十代の台所革命」というインタビューにも、つい、

「料理は義務じゃない、私には遊びだって考えることにしたのよ」

と答えた。

ところが――後日、見ず知らずの奥さまから、お叱りのお手紙が届いた。どうやら、その記事が夫婦喧嘩のもとになったらしく、

「あのおかげで、夫までが、料理は遊びだなどと言い出して、たいへん迷惑しています。遊び心で、真心こめた料理ができるはずがない。私はいつも、真剣勝負の気持で料理をしています」

ということが、しっかりした字で書かれていた。なんだか、余計なことを言って、よそさまのお宅に、いらぬ波風を立てたようで気が重かった。ごめ

んなさい。

けれど……あれはほんの私ごと。私自身は、毎日、献立を決めるのも、煮るのも焼くのも盛りつけるのも、こうしてみようか、ああしてみよう……などと遊び心で楽しんでいる、というだけです。決して決して、みなさまもそうするべきだなどと思っているわけではありません。ただ、私たちは老夫婦です。家人も、狭い台所でヨタヨタと庖丁を振りまわす妻の、思いつめたような顔を見るとなんとなく哀れになって、せっかくのご馳走も喉を通らなくなるかも知れない……と心配なので……。

まあ、なんにしても人それぞれです。わが家では、家人はブラブラ、私は遊び心で、残された月日をすごしたいと願っていますので――どうぞ、大目《おおめ》にみて下さいましね。

普通《なみ》の暮らし

一九八九年の末、女優稼業の店じまいをした私のために、友人たちがお別れの会をひらいて下さった。ふだんから、人づきあいの悪い私のこと――引退したら、多分もう逢うこともないだろうから……という皆さんの優しいお心づかいが嬉しかったが、開会直前の記者会見というのは、ちょっと恥ずかしかった――六十年近くの役者生活になかったことだし、急にスターになったような気がして……。

あれこれ、聞かれるままに答えているうち、その中のお一人が、

「この間、有名歌手が、ふつうのおばさんになりたい、と言って引退したが、あなたも同じ気持か？」

とおっしゃったので、あわてて、

「いいえ、そんなこと思っていません、私は昔からずっと、ふつうのおばさんですから」

その返事がおかしい、と皆さん大笑い。会見はおしまいになった。

その後——あのスター歌手はもういちど、歌の世界に戻り、以前にもまして大勢の人を楽しませているのは、なんとも嬉しいことだけれど……私は相変らずの普通《なみ》の暮らし——変ったといえば、ふつうのおばさんから、ふつうのおばあさんになった、ということだろうか。

辞書によれば、ふつうというのは、

「どこでも見受けられるようなこと……つまり、なみ」

とある。

私は東京浅草の狂言作者の家に生れ育った、ごくふつうの下町娘。なにごとにつけても、なみというのが身にしみついているのは、あの街のせいもあるような気がする。

狭い路地に、小さい家が互いの庇《ひさし》を重ねるように並び、どこの格子もガラス戸も、いつもこぎれいに拭かれ、子どもたちは、朝起きると、自分の家の中よりも先に、他人《ひと》さまの通る道を掃除するようにしつけられていたから、どこもこざっぱりして気持がよかった。

誰も彼も世話好きで、困っている家があればすぐ飛んで行って手を貸すのが当り前になっていたけれど、お互いの暮らしの中に首を突っ込むことは決してしなかったから、よけいな神経を使うこともなく、なんとなくフンワリと暖かい毎日があったような気がする。

少々貧しい人も豊かな人をうらやまないし、すこし豊かな人も、貧しい人を見くだしたりしなかった。なんとか食べて、なにか着て、どこかに寝るところがあって……なみの暮らしができれば、それで結構——みんな、そう思っていたらしい。

「あとは、もって生れたその人の運しだい、つまりは、それだけの福分ということさ」

出来、不出来も運のうち……器量のいいのも悪いのも、頭のいいのも悪いのも、いろいろいるのが当り前——ときれいさっぱり割り切って、お互い同士、なんのかのと差をつけることもなく、手を貸しあって、明るくたくましく生きていた。

あれは、私が小学校二年生のときだった。先生から渡された全甲の通信簿をしっかり抱えて家へとんで帰った。いまのオール5——私は得意だった。

台所で煮ものをしていた母に、

「あのね、今日、先生にほめられたのよ、私は特別よくできるって……ホラ、見て」

そう言ったのに、

「へエ、そうかい」

と言っただけで、振り向いてもくれない。つい、

「……できない子だって大ぜいいるのよ、ホラ、左官屋さんちの初ちゃんなんか、この間も算術ができなくて、先生にうんと叱られて……」

とたんに振り向いた母は、

「つまらないこと、お言いでない。人間、学校の勉強さえできれば、それでいいってわけじゃないだろ。初ちゃんは算術は下手かも知れないけれど、小さい弟たちの面倒をよくみるし、ご飯の仕度だってお前よりずっと上手だよ。人それぞれ、みんな、どこかいいところがあるんだからね。先生にちょっとほめられたくらいで、特別だなんて、いい気になるんじゃないよ、みっともない」

母は本気で怒っているようにみえた――叱られることは、めったになかったのに……。

(母さんの言うとおりかも知れない。初ちゃんは優しくて親切で、私も大好きなのに、悪いこと言っちゃって……)

急に恥ずかしくなった私は、にぎりしめていた通信簿をそっと背中にかくした。特別という言葉が嫌いになったのは、あの時からのような気がする。

大人になっても、その言葉になじめなかった。いろんなことがあって――

映画女優になったとき、主役より脇役を……と望んだのも、自分の顔や姿がごく普通で、特別な魅力がないことをよく知っていたからだった。当時は、撮影所の偉い人から、生意気だと叱られたけれど――あれこれむずかしい芸能界で六十年あまり、なんとか生きてこられたのも、そのおかげのような気がする。ふつうの女優だったからこそ、まわりの人たちも、多少の失敗は許してくれたらしい。ふつう結構、ふつう大好き――おかげで、齢を重ねてからも、こうして気楽に暮らしていられる。

住み慣れた東京から、湘南へ移って、間もなく二年……。

「これだけは、特別ね」

なみの老夫婦が、いつも顔見合せてうっとりしているのは、海の向うに沈んでゆく夕陽の美しさ。母も、きっと、

「そう……これはまったく特別だよ」

と、うなずいてくれることだろう――そう思っている。

老いを思い知る

うっとうしい梅雨もやっと明けて、久しぶりに家人と外出することになった。

(今日は、和服にしよう……)

この頃、やっと着馴れたワンピースのかわりに、簞笥の下の抽出しから、紺の紗の着物と水色の絽の長襦袢を出したのは、半分、虫干しの気持だった。

(夏ものも、たまには風を通してやらなけりゃ……)

お気に入りだったこの着物に手を通したのは、たしか四年ほど前——まだ、女優をしていたときだった。

(……しばらくね、あなたたちもお変りありませんか)

などと、なんとなく浮々と長襦袢を着ると……おかしい。キチンと対丈《ついたけ》に仕立ててあったはずなのに、裾が踵にからまる感じ——どうやら、三センチほど長い、ということ。

（へんねえ——背中は、まだ、丸くなっていないはずなのに……）

鏡台の前で、あらためて、ピンと背すじをのばしてみても——やっぱり、長い。

（肩の肉が落ちたせいかしら……それとも、骨粗鬆症《こつそしょうしょう》とかで、骨が縮まったのかも知れない、ヤレヤレ……）

仕方なく、腰紐を一本余計につかって、なんとかごまかした。

（着物はどっちみち、おはしょりをするんだから……）

そう思って安心していたのに……これはまた、身幅がばかに広すぎる。いつも、ゆっくりめに仕立ててはいたけれど……衽《おくみ》ひとつ分あまる、というのは、いったい、どういうこと？　思わず、溜息が出た。

（つまり——齢をとったということね、齢とともに、痩せて小さくなるのは当り前のことなんだから……）

そう言えば家人も、昨日、お風呂からあがって鏡の前で身体を拭きながら、

「痩せたなあ、まったく……これじゃ、まるで骨皮筋ヱ門だね」

と、しきりに首をかしげていた、私は傍で、

「でも、背丈はかわっていないから……」

と言ったものの——去年の暮、ズボン六本、それぞれ五センチずつ、丈をつめてもらったことを、うっかり忘れていた。

どっちみち、八十すぎの老夫婦——肥るより、痩せた方がいいかも知れない。

それにしても、生れつき、身体の弱い二人が、格別、大きい病気もしないで、今日までこうして暮らしていられるというのは、なんだか不思議な気もする。傍目にもそう見えるのだろうか、この頃しきりに、

「あなたの健康法を教えて下さい」

などと言われる。

そのたびに——改めて考えてみるのだけれど……特別、何をしているわけでもない。強いて言うなら、

「齢にさからわない」

ということかしら。

老いるということは、なんとも悲しい。齢ごとに頬はこけ、眼はくぼみ、髪は白く薄くなるばかり。手馴れた家事をしようとしても、掃除器さえ思うように動かせず、煮ものの鍋は重いし、柱の釘も、まっすぐには打てない。ときおり……雑巾をもってヨタヨタと歩く自分の姿が姿見にうつったりすると、ぞっとする。何をしても疲れが烈しく、もの忘れはますますひどく……つい、愚痴のひとつも言いたくなる。

「まったく、ひどいねえ、若いときはこんなことはなかったのに……いくらなんでも、もうすこし、なんとかならないものかねえ」

わが家では——どちらか一人がそう言って嘆いたりすると……相手はすぐ、

冷たい顔でハッキリ言うことになっている。

「だめですねえ、なんともなりませんよ、失礼ですけれど、あなた、おいくつですか」

そのトタンに、嘆いた方は、

「え？　あ……そうか、そりゃあそうだ」

とニヤリと笑って、すぐあきらめて——それでおしまい。つまり、お互いに——人間は、二十歳ごろから、一日十万個の脳細胞が失われてゆく、ということを、耳学問で知っているからである。

その勘定でゆくと、私たちの場合——十万個を三百六十五倍して、さらに、六十何倍かしただけの脳細胞が、すでにもう、なくなっているわけだから……残りの細胞は、どっちみち、いくらもないはず。どんなに丈夫な金属でも、使いすぎれば、金属疲労という現象がおきるということ——私たち老人が、あっちこっちガタガタしてくるのは、ごく当り前——というわけになる。

「ま、仕方がないでしょう、お互いに……」

そうあきらめれば、すっと、気が軽くなる。夫婦とも寝つきがいいのは、そのせいかも知れない。

床の上に脚をのばして、

「ヤレヤレ、今日もなんとかすぎました。無事でけっこう――寝るほど楽があるなかに、浮世のバカが起きて働く」

などと――働きものだった亡母の口真似をしているうちに、もう、ぐっすり眠ってしまうから――まことにもって、後生楽《ごしょうらく》。

夢はさまざま……。

（どうして、あんな夢を……）

と、我ながら呆れるほど、おかしな物語がエンエンとつづいたりする。楽しかったり、悲しかったり、ときにはドキドキして目がさめるほど恐いこともあるけれど――夢は五臓六腑の疲れと昔から言われている。長く生きすぎて、くたびれ果てている私が、いろんな夢をみるのは当り前だし、けっこう、楽しませてくれる。

年寄りは、早寝早起きとだいたい、相場が決まっているのに、わが家の老夫婦は好奇心が強く、新聞雑誌テレビなどで、つい、夜更しが過ぎて、ときには体調をくずして慌てることがある。近頃は、相談の上、十時以後は活字はやめ、見たいテレビもあきらめることにしている……なんとも残念だけれど。十時半、就寝。

睡眠時間は正味八時間ほど。毎朝、六時ごろには目をさますものの、八時までは床の中で、その日、すること、したいことなど考えながら……朝寝を楽しんでいる。

キッチリ八時にかならず起きるのは——自分自身の躾《しつけ》のため——自分の身体にチャンとした躾ができるのは自分自身、ということを若い頃から身にしみて知っている。老人は毎日が自由時間だけに、つい甘やかして不規則な暮らしをつづけると、弱った身体が、なお弱る。

起きて、髪をまとめるとすぐ朝風呂にはいるのは、低血圧で動きにくい身体に目をさまさせるための、古希以後の私の贅沢。ぬるめの湯槽《ゆぶね》にゆっくりつかる間、両手の指十本で軽く額から頬を叩くのは、私流の美顔術……昔から、あれこれ忙しく、美容院で美顔術をしてもらう暇がなかったからの思いつき。それでもけっこう気持がいいし、その間にその日の献立……朝のサラダは何にしようか、夜の料理は？　昨夜はあっさりした焼き魚だったから、今夜は車えびとみつばのかきあげに焼きなす……などと思案がつけば、顔たたきもおしまい。あとは固いブラシに石鹸をつけて、身体中をサッと洗い、ついでにその長い柄で凝った肩を軽く叩きながら、

(さあ、私の身体さん、これで、今日もなんとか動いて下さいな)

と、よくお願いして、私の十五分の入浴は終り。

この間の大相撲で、千秋楽にやっと勝越《かちこ》した若い力士の言葉が耳に残った。

「今日は脚が前に出てくれましたから……」

たしかに、脚さんのおかげで勝てたにちがいない。八十五年も動いてくれている私の身体さん、もうしばらくお願いします。すっかり老いるまで動いていれば、ごく自然に、幕をしめることができるようですから、どうぞよろ

しく。

健康、健康と思いつめて「健康病」にならないように気をつけながら——あと、ほんのすこしだけ保《も》ってもらうために、躾をしたり、いたわったり、あげくのはてはお願いして……超高齢者は、毎日けっこう忙しい日を送っている。

（よく考えてみると、それが私たちの健康法なのかも知れない）

白髪《はくはつ》いとし

うっとうしい梅雨がやっと明けて間もない頃、真夜中の烈しい風の音に目をさまして、トイレへ行った。

手を洗いながら、フッと目の前の明るい鏡を見上げて……ギョッとした。

(なあに？　これ……)

落ちくぼんだ眼に白い髪をふり乱した老女の、なんとも哀れな顔……。

(これが、私？)

思わず顔をそむけてしまった。

その晩、しばらく眠れなかった。老いとはなんとも悲しいもの……。

翌日から、毎朝、髪をとかす櫛の数が、ずっと多くなった。薄く短い白髪を、なるべくていねいに、

(どうせ……)

と思わないで、

(なんとか……)

と、あれこれ工夫して結うようになった。いっしょに暮らす人に、あの(白髪の乱れ髪)を見せるのは、なんとも気の毒だし……恥ずかしい。

それにしても、よく、毛が抜けること……。若い頃は、

「毎日、抜ける毛の十倍は生えるんですって……」

などと、すましていたものなのに――この頃は、櫛に巻きついた抜け毛を一本ずつ、惜しそうに眺めているから……おかしい。

あれは、二十何年か前の、テレビ局の化粧室の話――むずかしい場面を、付きどうにか撮り終えた主役のMさんは、機嫌よく、オールバックの髪を、付き人になでつけさせていた。その彼が、急に怒りだしたのは、付き人から受け

とった愛用の櫛に、四本の抜け毛がからんでいたからだった。
「おい、なんだこれは……お前のとかしかたがぞんざいだから、こんなに抜けるんだ。役者にとって、髪の毛がどんなに大切か……まだ、わからないのか！」

　Mさんは、その頃、もう、四十なかばだった。盛りをすぎた美男スターのイライラする気持は、傍にいた私にもわかりすぎるほどわかって……笑えなかった。精巧なかつらも、その頃は、まだ、なかった。

「それは芸能界の話さ、普通の男は、髪の毛なんぞ、誰も気にしてないよ」

　と、一般の男性はすましていたけれど……内心、齢とともに後退する額の髪が気になって、右からわけたり、左からとかしたり……ときには「夜店のステッキ」などとからかわれながら、一本ならべの苦労をしたり――髪の多い、すくないは遺伝と聞いて、いまさら、何十年も前に亡くなった親を恨む人もいて、おかしかった。

　まして、女の人たちは、年齢を問わず、

「髪はいのち」

と思いこんでいた。

私の母は、

「どうせ、色は黒いし、不器量だから……」

と、一生、化粧をしなかったけれど、どんなに忙しくても、髪の手入れだけは忘れなかった。布海苔《ふのり》とうどん粉をよく煮て、ていねいに洗いあげる髪は房々と長く、ほんとに見事だった。運よく、私の髪も母に似て、たっぷり長く……女学校の友達に「平安朝」などとからかわれたのが内心嬉しく、ひとり、洗った髪を風に吹かせて楽しんだりしたものだった。

ある日、そんな髪のまま父のお給仕をしていて、つい、長い毛の先を、その茶碗にからませてしまい、父に、

「おい、そのさんばら髪、さっさと始末しろ、いつまで洗い髪のおつまを気取っているんだ」

と怒られた。

「ごめんなさい、今、すぐ」

あててご飯をよそい直してから、台所の隅で三つ編みにしていると、煮ものをしていた母も、

「洗い髪は早くまとめないと、まわりの人が迷惑するよ、どっちみち、おつまさんてわけにゃゆかないんだから……」

と、笑っていた。

「洗い髪のおつま」のことは、出入りの古着屋の安さんが母に話していたのを聞いたことがあった。美人で陽気で芸達者で、その頃、浅草一の売れっ妓だった。

そのおつまさんが、ある日、座敷を休んで、ゆっくり髪を洗ったところへ、ひいきの料亭から、無理を承知の迎えが来た。

「すまないけれど、どうしても断り切れないお客さまなので、そのまんまでいいから、ほんのちょっと、顔だけ見せておくれな」

女将《おかみ》のたっての頼みに仕方なく、とうとう、そのまま座敷へ顔を出したが

……そのおつまさんの姿を見たとたん……客も女将も息をのんだらしい。

「洗い髪に薄化粧、縞の着物を着流した小股の切れ上った姿がなんとも粋だったんでしょうね、なんてったって、す、こ、ぶ、る付きの別嬪なんだから……」

安さんも話しながらうっとりしていた。

その評判がたちまち、東京中のひいき客に伝わって、あちらからもこちらからも、

「ぜひ、洗い髪姿で……」

と、せがまれて、

「洗い髪のおつま」

の名が高くなった。そのせいか、あの頃の浅草には、洗い髪姿の女の人が急にふえた。あの日、父や母にからかわれた十六の小娘——私も、ほんとうはちょっぴり、おつまさんを気取っていたのかも知れない。

あれから、もう七十年近い月日が流れている。永く暗い戦争をはさんでの世の中の移り変りに、女の人の髪かたちも次から次へと変ってきた。流行の

波の、目まぐるしい早さ。近頃、見事な洗い髪のお嬢さんたちが、会社、学校、電車の中で、それぞれに長い髪を見せてくれる。朝の髪洗い……朝シャンとかが流行っているせいか、とにかく「洗い髪のおつま」さん、ブームの感じ。

（あんなに混んでいるところで、まわりの人に迷惑をかけないかしら……あんまり洗いすぎると、早く、髪がいたむのを知っているだろうか……）

などと、余計な心配をするのは、老女のおせっかい。それより、自分の白い乱れ髪で、まわりの人の気を悪くしないように気をつけましょう。

今朝も、起きるとすぐ、ていねいに髪を結った。なんとか、こざっぱりと……なるべく、いい格好に見えるように苦労しながら……。八十なかばになっても、まだ洒落《しゃれ》っ気《け》があるのは生きてる証拠ということだろうか。人間というのは、ほんとに始末におえない……でも、面白い生きものだと、鏡を見ながら、ひとりで感心している。

寝室の鏡は、スタンドの位置を加減して、なるべくボンヤリと……皺やしい

みが見えないようにしてある。寝しなに髪をほどくとき、

（フン、まあ、齢にしてはいい方よねえ）

などと思うように、自分をだましたり、おだてたりして、いい気持にさせてやらないと……老女は、ときおり、悲しく、寂しい夢を見たりするから……。

縁《えん》

「縁《えん》」というのは、私の好きな言葉のひとつ――この字には、なんとも言えない魅力がある。

辞書に、

「家の外側に添えた板敷」

つまり、縁側《えんがわ》とあるのも老女にとって懐かしいが、つづいて、

「人と人、または人と物事を結びつける不思議な力」

とあるのが……嬉しい。

私たちの住む地球は太陽系の一惑星――一億年以上も前からあったらしいし、この先、いつまであるかわからない、その地球の上で、ほんの一瞬、同

時に生きる人間たち……その人たちは、どうやら、眼に見えない細い糸……縁で結ばれているような気がする。親子、兄弟の深い縁、夫婦の間の強い縁――友人、知己の細くて長い縁の糸は、ときには結ばれ、ときには切れるのも、なんとも不思議で面白い。

三年ほど前の夏、私たち老夫婦は、

「海の見えるところで、ゆっくり余生を送りたい」

ただそれだけの夢で、急に住み慣れた東京から、湘南へ移ってきた。一度も来たことがなく、一人も知った人のいない、海辺の静かな町。私たちが選んだ新しい住居は、九階建ての建物の八階――木造の平家で、ひっそり暮らしていた私たちにとって、マンション住いは初めてだった。

「思いたったら急がないと、お互いに先がないし、マンションというのも変化があっていいんじゃないか……」

それが、そそっかしい八十夫婦の合言葉だった。

新居の一夜が明けて――居間から見渡す広い海の美しいこと。真白な帆をふくらましたヨットが、二十……三十。まるで、絵を見るよう……。

「思い切って、越して来て本当によかった」

顔見合せて、そう言いながら、フッと、

(新顔の老夫婦が、この広いマンションの方《かた》たちと、うまくおつきあいできるだろうか……)

と、ちょっと心配になってきた。

すぐ上の、九階の方から、引っ越し祝いの電話をいただいたのは——そのときだった。和田さんとおっしゃるけれど、どうも思い出せない。

「……お忘れになったかも知れませんが、昔、NHKのドラマ、「若い季節」でごいっしょだった、和田孝です」

「え？　あの和田さん？　和田孝さん……」

あんまり思いがけなくて……あとがつづかなかった。

とにかく——ということでお目にかかったが……相変らず、二枚目だった——あれから三十年もたっているというのに……。

「若い季節」はその当時、四年半もつづいた日曜日のテレビドラマ――小野田勇さんの脚本で、出演者は、植木等、黒柳徹子、森光子さんなど、毎週、目白押し……ＶＴＲのない時代の生《なま》番組で、失敗は許されなかった。最年長者の私は、いつの間にか、おめつけ役になっていた。

和田さんの奥さん、絢子さんの笑い話によると――沢村貞子が八階に越してくる、ときいた和田さんは……その日ひどく落ちつかなかったらしい。

「いえ……何しろ、昔、ＮＨＫで、ひどく怒られたことがあったもので……」

私はすっかり忘れているけれど――ある日、本番の最中の仲間同士のいたずらに、いつも温厚な和田さんがかり出され――終演後、私の部屋に呼ばれたのだという。

「ドラマが無事にすんだからよかったものの、もし、なにかおこったら、大勢の視聴者に申しわけない、と思いませんか！」

などと、きびしく油をしぼられたらしい。そのうるさ型が、三十年後、突然、すぐ下の部屋にあらわれる、というのは……それこそ、縁の糸のいたずらかも知れない。

「……ご心配なく――今度はこちらが叱られる番よ、なにかとお世話になると思いますが、どうぞよろしく」

たしかに――それからはお世話になることばかり……近くの買物から外食の店、もしかのときの病院の紹介まで……知らない町で暮らす超高齢者夫婦にとっては、なんとも、心強いことだった。

NHKのあと、ずっと映画界で活躍していた和田さんが、俳優をやめたのは二十五年ほど前のこと――奥さんの絢子さんと二人で会社を設立して、地道な文化運動をつづけていることも、そのとき、はじめて知った。

現在、和田絢子さんは、有数の人形作家。「横浜人形の家」に飾られている「横浜人形ヨーコ」はなんとも見事なもの。彼女が、布を主にして作った、男性、女性から老人、子ども、ぬいぐるみの動物など、それぞれの生き生きした表情、身振り手振りなど、生きているものの面白さが胸に伝わって、眺めているうちに、つい、微笑んでしまう。

大野英子さんのコレクションをもとに開かれた「人形の家」には、いま、世界一一五カ国の二千体の人形が飾られている。

絢子さんは、

「もっともっとたくさん……世界中のいろんな人形を見せたくて……」と思い立って、各国を歩きまわって集めた人形が、毎年、ふえつづけている。

「子どもたちに、あちこちの国の人形を見せることで……世界にはたくさんの国がある。そこには、自分たちと違った風俗、習慣、宗教があって、それぞれにいろんな暮らしをしているのだということ——そういう人たちが地球のあちこちにいるのだということ——それを知ってもらいたいのです。たくさんの人形を見ることで、本当の意味の、人間同士のかかわりあいを感じてくれたら嬉しいと思って……」

彼女がそのために、同じ思いの夫君といっしょに歩いた国は、二十五カ年間に一〇八カ国になったという。いろんな国へゆき、そこに暮らす人たちと逢い、話をして、その土地の人情、風俗を心に刻みながら次の作品を考え、その人たちに愛されている人形を集めてくるのは、本当に楽しいという。小さい道具類を集め、キャメラをまわすのは孝さんの役。あちこちの国の、ごったがえす市場で求めた民族衣裳は、和田家の居間にあふれ、机の上の地球儀は、どこをまわしても赤い〇印がいっぱい……訪れた国ということである。

そのたくさんの国について、孝さんはこう言っている。

「いろんな国へ行って、いろんな人たちに逢うたびに――いま、この小さい地球の上で、この人たちといっしょに生きているのだ、と思うと、なんとも言えず、懐かしい思いがします……お互いに、なにか縁があるような気がして……。みんな、思い思いに違った生活をしていますけれど、その人たちの自然な暮らしの中から生れた文化に、優劣も高低もないはずです。先進国の思い上った物質文明優先論で、それぞれの国の文化をこわすことのないように——つくづく、そう思います」

ただ……それらの、発展途上国と言われる国が、本当に必要としていることがあれば——手助けしたい……自分たちでできる程度の、ささやかな手伝いをしたい……そう思っている、という。

たとえば——カンボジアの孤児たちに教科書をおくりたい——その子たちが字をおぼえるための教科書を……。二十年あまりの内戦による貧困、飢餓、疫病のなかで、必死に生きようとしている子どもたち……その子たちが、ほかの人たちの考えを知り、自分の気持をあらわすためには、まず、自分の国の字をおぼえること——それは、地球上の人たちみんなが、対等に平等に生きるためにぜひ、必要なことだと思う。それなのに……どんなことにも眼を輝かして興味を示す子どもたちに対して、字を教えるための教科書が、まったく無い、という。

「……だから、それをおくりたいのです。子どもたちが、その国の字をおぼえるための教科書をおくることは、同時代に生きたわれわれが、次の世代の人たちのために蒔く、一粒の種のような気がします。私たちには何の力もないけれど、たとえ、一粒、二粒でも、その種を蒔きつづけ、やがて、その子たちが知識を身につければ――大人たちの、無意味で悲惨な戦争に、歯止めをかけることができるかも知れないと思うんです……」

和田夫妻の熱意に、私たちはただ、うなずくばかりだった。

それにしても――なぜ、人間は戦争をするのだろうか……今日もまた、世界中のあちこちで、悲惨な殺し合い、撃ち合いがつづけられて、なんの罪もない庶民たちが、逃げまどっている。それぞれの国に、宗教、風俗、習慣……その土地に育った文化の違いがあるにしても――なぜ、互いに相手の生き方、暮らし方を認めあうことができないのだろうか。肌の色、髪の色による差別が、どうして生れるのだろうか。

「自分たち以外の民族が、この地球上で生きることを許さない」という「民族浄化運動」が万物の霊長と言われる人間同士の間で、なぜ、くり返されるのか……わからない。国際霊長類学会の発表によれば――アフリカ・コンゴの熱帯林では、野生のチンパンジーとゴリラが、高い木の上でイチジクの実をわけ合って食べている、というのに……。

人類は、感情がデリケートだから、自分と違う生き方をする人たちを理解することができない、というなら――理解し合わなくてもいいのではないかしら。どうしても、仲よくなれない、と思うなら――仲よくしなくてもいい、と思う。ただ――仲悪くしないように……すくなくとも、他の人間たちの生き方に、決して踏みこまないように……ただ、それだけの心づかいをのぞむのは、無理なのだろうか――お互いに細い縁の糸で結ばれて、この地球の上に、ほんの一瞬、同時に生きている、というのに……。

和田夫妻は、新劇の研究生だったときに、恋愛結婚をして、以来、いつも寄り添い、励ましあっている。お二人を結んでいる縁の糸は、強く太いらしい。そのご夫婦が、平和の願いをこめて歩いた一〇八カ国。

私たち老夫婦は、ほほえましい想いで、和田家の地球儀を眺めながら、ひときときさまざまな空想にふける。

話し相手について

久しぶりにS子さんから電話があった。今度の日曜日にご無沙汰のお詫びかたがた、春の海を眺めにゆきたい、と言う。その声は明るく、はずんでいた。

テラスで、植木に水をやっていた家人に、

「S子さん、すっかり元気になったらしいわ、今度の日曜日に来るって……とても機嫌のいい声だったわ」

「へえ、そう、そりゃあよかった……新しい恋人でもできたのかな」

二人とも、なんとなくホッとしたのは、半年ほど前、夏の初めに来たときの、ひどく落ちこんだような暗い顔がずっと気になっていたからだった。

学生時代から、福祉の問題に関心が深く、いくつかのテーマに取りくんできて数年になるという彼女は、いまも、その方面の出版社につとめて、あちこち飛びまわっている。私たち夫婦と親しくなったのも、その熱心な運動の企画が縁だった。私たちが東京に住んでいたころ、その近くのマンションに一人で暮らしていた彼女は、ときたま、わが家に顔を見せたが、ことに、高齢者問題については一応の見識をもっていた。私の手料理を喜んで食べてくれる時の表情は、幼いほど若々しかったが、もう、そろそろ三十なかばになっていたはずである。結婚する、という噂のあった愛人が、去年の春、突然、亡くなったという噂を、彼女の同僚から、チラッと聞いた。夏、うちへ来たときの暗い顔は、それが原因かも知れない、と思いながら、立ちいって聞くことはできなかった。

次の日曜日に顔を見せた彼女は、以前のように明るく、晴ればれしていた。いっしょに食事をしながら、あれこれ、福祉の運動について話をしていたが、フッと、

「この前、お邪魔したときは、くしゃくしゃな髪で、へんな顔していて、ほんとにごめんなさい。実は、身のまわりのゴタゴタで、ちょっとノイローゼ気味だったんです。でも、もう大丈夫、ちゃんと立ち直りましたから……」

「そう、それはよかったわねえ」

「あの……ねえ、うちの子の写真、みて下さいますか?」

「え? うちの子って……」

家人と顔見合せてドギマギしていると、

「これ……私のだいじな子どもたち……」

S子さんが、ハンドバッグから、たいせつそうに出したのは……ナント、二匹の小猫の写真――まっ白と、茶と黒のまだら……。

「ね、可愛いでしょ」

「……ええ、ほんとに……」

たしかに可愛らしいけれど――それにしても、この日の彼女の小猫談義は、まるで、はじめての赤ちゃんを自慢する、若い母親さながらだった。

「白はPちゃん、茶はQちゃん。ちゃんとしつけがしてあるから、手がかからないんです。私は留守が多いから、一人じゃ猫ちゃんも淋しいだろうと思って、思い切って二匹買ったんですけど、両方とも、とても利口だし、それぞれ性質が違って面白いんですよ、Pちゃんは甘ったれだし、Qちゃんは神経質でおすましなんです。夜、うちへ帰ってドアをあけたとたんに、Pちゃんはとびついてくるし、Qちゃんは足許でじっと見あげるし……つい、ただいま、おそくなってごめんね、寒くなかった？　ごはんはちゃんと食べた？　どれどれ……なんて、ひとしきり大さわぎ……たのしいんですよ」

猫を飼ったことのない私たちは、うれしそうな彼女の話を、ただ、うなずきながら聞くだけだったが——帰りしなの、玄関の一言に……胸を打たれた。

「……うちへ帰って、ものを言う相手がいるって——ほんとに、しあわせですねえ」

S子さんは、若いときから、ずっと自分の考えること、信じることをハッキリ言っているように見えるけれど……ほんとうは、どこかで、自分の感情を抑えていたらしい。正論とわかっていても、あんまり、世間の基準にはずれると、肝心の仕事がすすまない、ということが、経験でわかっていたせいだと思う。ときには、口惜しいこと、悲しいこと、バカバカしいことも、じっとがまんすることが多くなってきたようだった。愛人を失って、はけ口がなくなった、そんな思いが、つもりつもって、ノイローゼ気味になったのかも知れない。

（人は、一人では生きられない）という。

誰かに自分の思いを話したい……遠慮も気兼ねもなしに……。それが許されるのは、わが家——自分の城。一日の仕事をすまして、うちへ帰ったとき、胸につかえている屈託を聞いてくれる人がいるのは、何よりしあわせ。S子さんの場合、遠い地方の両親や妹と別れての一人暮らし。マンションへ帰って、ひとりごとばかり言ってもいられない。故人のことは、忘れなければ……そう思って、小猫を飼う決心をしたらしい。返事をしてくれなくても、すりよって、見上げてくれるだけで、思うことをしゃべれるし、なんとなく、わかってくれるようで、すっきりした気分になれる、という。話し相手がいることのしあわせ……明るくなった彼女の顔が、それを語っている。

私の場合——いつでも、何でも、ムダ話ができる相手がいる。四十数年、お互いにずっとしゃべり合えたのは、何とも運がよかったと思う。ただ、ときどき、フッと気にかかるのは、夫—八十三歳、妻—八十五歳の老夫婦。この長生きの好運が、明日《あした》も明後日《あさって》も……来年も再来年も、ずっとつづくはずはない。やがて、どちらかが欠けると思うと、今の毎日がもったいないような気がして、なにかにつけて、言葉をかわす。

朝の挨拶も、今更らしい、などとは思わない。「お早う」には（さあ今日も元気で……）という心。「お休み」には（明日も楽しく）という願いをこめている。家人が皿洗いを手伝ってくれたときは、「どうもありがとう」と私が言い、私が食事の仕度をすると、家人が「ご苦労さま」とねぎらってくれる。

老夫婦のままごと遊びみたい、と思いながらも、互いに言葉を惜しまない。ときたま、新聞の記事やテレビの画面について、それぞれの感想、意見が違うこともある。私は単純な下町女——自分の思いをとことんまで言うかわりに、相手の意見もよく聞いて、その方が正しいと思えば、すぐ、それに従うのが、たった一つの取り柄。おかげで、ちょっとした口喧嘩も、単純な暮らしの中の香辛料の一つ……と顔見合せて笑っていられる。

気をつけなければいけないのは、お互いに相手の弱点に触れないこと——例えば、齢とともに見苦しくなる顔かたち、とか、日ごとにふえるもの忘れなど、気がついても口にしない。うっかりすると、つまらないことで、大切な相棒を傷つけてしまうことがあるから……。

ゆっくり話し、しんみり聞くのは思い出話。八十年あまり生きてきたおかげで、それぞれに忘れられないことがいっぱいある。ある日は明るいテラスで海を眺めながら——ある夜はもの音一つしない静かな居間で、すぎた昔の月日をなつかしく想い出し、相手はそれを優しく聞く。「その話、もう何度も聞きましたよ」などとは決して言わない。心を開いてのわが家のおしゃべりは、話し手も聴き手も円熟している、などとお互いにうぬぼれている。

M子さんは、勤めている会社のおつかいで、ときたまわが家を訪れるお嬢さん。二十七、八だろうか、明るくて、しっかりしている。やさしいお母さんは急な病気で去年、亡くなり、いまは、停年で教職を退いたお父さんと妹さんの三人暮らし。その妹さんも今年からお勤めをはじめたという。

「……ですから、父がひとりで留守番をしてくれているんですけど、母が亡くなってからは、好きな庭いじりもしないで、ただ、じっと坐って、本を読んでいるだけなので、なんだか心配で……妹と相談して、犬を飼うことにしたんです、すこしは、父の気がまぎれるか、と思って……」

お父さんは、動物を飼うと、病気したとき可哀そうだから、と反対だったのを、どうにかやっと説き伏せて――産れて間もない小犬を貰って、E子と名前をつけた、という。

「……でも、昼間は父ひとりだし、どういうことになるか、ちょっと心配なんです……」

それが、半年ほど前に、わが家へ来たときのM子さんの話。そして、

「……ところが、大成功だったんです」

というのが、昨日、見えたM子さんの話——(よかった)

はじめは、妹さんと二人で一生懸命、しつけているのを、遠くから、眉をしかめてチラチラ見ていたお父さんが、いつの間にか、庭でE子とふざけたり、大声で話しかけたり……食事のときも、ちゃんと自分の傍に坐らせるようになった、という。

「おかしいんですよ、この間から、朝ご飯のときの卵を、四つゆでろ、というんです。三人なのに……つまり、一つはE子の分というわけなんです」

E子は、お父さんに、ゆで卵の食べ方を教えられたらしく……柱のそばへころがしていって、コツンコツンとぶつけ、ひびのいった固い殻を前肢で器

用にむいて、おいしそうに食べる、という。

私は、聞いていて、思わず吹き出した。かなり頭のいい犬らしい。M子さんが納豆をかきまぜていると、そのにおいで飛んできて、お父さんの傍に坐り「わたしも……」という顔をする。納豆をまぜたご飯が何より好き、というのも、納豆好きのお父さんのお仕込みらしい。お父さんは、

「お前たちが留守の間、E子が話し相手になってくれるから助かるよ、うちのなかで、いつでも、ものが言えるというのは、なんともありがたいことだね」

と、機嫌がいい。その、明るい顔を見ると、E子にお礼が言いたくなる、と、M子さんもうれしそうだった。

世はまさに、コミュニケーション時代である。

耳も老いる

むかし……私がまだ若かった頃、まわりのお年寄りが、

「この頃、耳が遠くなって、……とっても不自由でねえ」

と、嘆いたりすると、いつも、

「耳が遠くなった人は長生きするそうですよ……つまらないことを聞かずにすむからですって――おめでたいじゃありませんか」

そう言って慰めたものだった。

私の育った下町では、長生きは何よりおめでたいこと、とされ、家族、親戚から近所の人たちまで、こぞって祝ってくれたものだった。あの頃は、

「人間、わずか五十年」

などと言われて、長命の人はすくなかったせいかも知れない。

いまは、高齢者時代——生れつき低血圧で身体が丈夫とは言えなかった私まで、たっぷり長生きさせてもらっている。ただ——新聞や雑誌、テレビなどで、毎日のように、

「これからの高齢者時代を、どう乗り切ったらいいのか……」

などと心配されると、つい、

(どうも相すみません、いつまでもお邪魔していて……)

と、遠くなった耳を押えて、首をすくめる仕儀になる。

わが家はどうやら、長生きの血統かも知れない。私の母も、世の中の移り変わりでさんざん苦労をしたというのに、八十四歳まで、しゃっきりしていたが、晩年、耳が不自由になり、役者稼業の娘や息子のテレビ、映画を見るたびに、台詞が聞きとりにくい、と嘆いていた。

「この頃は、いい眼鏡ができているから、眼が疎《うと》くなっても、なんとか見せてもらえるけれど……遠くなった耳は、どうにもならないねえ、誰か、耳が

ねなんてものをこしらえてくれると、助かるんだけどねえ」

その母が亡くなって三十年あまり……母が欲しがっていた耳がね——補聴器ができて、娘は助かっている。

私も八十になったとたん、急に耳が遠くなり、あわてて耳鼻科の診療をうけたが——先生の、

「……まあ、お齢相応というところですねえ」

というお言葉に、

（やっぱりねえ……仕方がない）

と一応あきらめたものの……毎日の暮らしのなかで、家人の言葉が聞きとりにくく、しらけた思いをすることが多くなったし、女優としての最後のテレビドラマを、なんとか無事にやりとげたくて——思い切って、補聴器をつけることにした。医師の診断書を持って専門店へ行ったときは、やっぱり、ちょっと恥ずかしかった。耳がねは眼鏡ほど、一般的になっていなかったから……。

はじめは、小さい耳かけ型を、多少聞こえる方の、左の耳にかけることにしたが、デリケートな機械だけに、扱いかたがむずかしく……びっくりするほど、よく聞こえるかと思うと、急に何にも聞こえなくなったりして——自分の指先で、うまく調節できるまで、かなり、日がかかった。それにしても、便利なこと……母にもつかわせてやりたかった。

あれから五年——最近は、自分の耳にあわせて型をとり……キッチリはめこめる超小型のものができた。それなら……と欲が出て、ほとんど聞こえないと思っていた右の耳にも使ってみると——うれしいことに、今まで、なんとなく押えつけたような相手の声が、そっくりそのまま、ごく自然に聞こえるようになった。つまり、左右の耳は、すべての音を互いに助けあって聞くことになっているらしい。さすがに、神さまがくださった人間の部品に無駄はない——などと、いまさら感心すると同時に、人間が研究を重ねて、やっとこしらえてくれた補聴器に、もう一つ、無理を言いたくなった。

例えば——繊細な機械のおかげで、すこし離れたテレビの話がよくわかるのはありがたいけれど——その音がちょっと大きいと——傍の家人が、何を言っても聞きとれない。つまり、ハッキリ聞こえるのは、いちばん大きい音だけで、二つ以上の音は聞きわけられない、という悩みがある。それが解消できればほんとうにうれしいけれど……。

高い声が聞きとりにくいのは——齢のせいかも知れない。画面のお嬢さんの可愛い唇から、矢つぎ早にとび出す、疳高《かんだか》い早口は、あっけにとられて、見つめるだけ。若い男性やリポーターの中にも、同じように早口でしゃべりまくる人が多いのは、近頃の流行だろうか……年寄り泣かせ、とつい、愚痴を言いたくなる。

一生懸命、見ているニュースやドラマの合間合間に、いきなり大声を張りあげるコマーシャルは、いそいで、リモコンの消音のボタンを押すことに慣れたけれど……それができないのが、ドラマの台詞にかぶさる強烈な音楽。あわてて補聴器を加減すれば、台詞が聞こえないし……台詞を聞こうとしてボリュームをあげれば、はげしい音楽に叩かれて、老女の弱い耳はふるえあがる。立派な演出家や音楽家がＯＫした以上、あれこそ芸術なのかも知れないし、若い人の好みにあえば、それで結構と言うなら、それも仕方がない……などと、半ばあきらめてはいるものの、年寄りは、やっぱり、登場人物がなにを言っているのか……聞きたい。スタッフのみなさんは、台本をよく読んで、それぞれの人物の台詞を充分ご存じだから、気にならないのだろうか――などと思うのは、老女のひがみかも知れないけれど……。

音楽の素晴らしさ、楽しさは、私自身、まるっきりわからないわけでもないけれど、ドラマにかぶる音楽は、音楽会とは違って、そのシーンを引き立たせるための――いわば、脇役というところではないのだろうか。脇役の力みすぎは、いただけない……などと、元《もと》脇役女優は、うらみがましい顔で、なにか言っているらしい主役たちの口元をボンヤリ眺めている。

（せめて……ドラマの好きな高齢者のために、画面の下に字幕をいれてくれないかしら――）

と、聞こえない辛さを嘆きながら……。

近頃は若い人の間にも難聴者がふえたらしい。街に溢れる自動車、速さを競うオートバイ、民家の真上で訓練する軍用機など……文化国家は、なんとも騒々しい。そのせいで、若い人たちの鋭敏な耳も、早く疲れてしまうのかも知れない。まして、永い間、働きつづけた老人たちの耳は、

(こんなにうるさくてはどうにもなりません、くたびれました、もう駄目です)

とでも言うように、そっぽを向いて知らん顔。身近にいる人の話も聞こえないときは……難聴の辛さが身に沁みる。

それでも――好奇心の強い、野次馬的老女の私は、ニュースやレポートが聞きたくて、テレビの前に坐って、一生懸命、補聴器を調節している。それを知ったから、と言って、何ができるわけでもない、とわかっていながら……いま、自分が生きている社会のできごと、この国の政治のありかた、世界の情勢など――やっぱり知りたい。

それにしても――たくさんのテレビ局、ラジオ局は、ほんとうに、いろん

なことを教えてくれる。耳の遠くなった人が長生きするのは、つまらないことを聞かずにすむから……と昔よく言っていたけれど、ときには、そのつまらないことまで、まことにくわしく、知らせてくれることがある。

「障子の破れのない家はない」

家人はよくそう言うが――ほんとうにそうだと思う。どこの家でも、その破れが、なんとか人目につかないように、そっと手で押えている。それなのに、何かのキッカケで、ある日、突然、放送局が乗りこんできて、その破れに派手に照明をあて、マイクを持ったリポーターが、ことの次第をことこまかに世間に知らせ、ズラリと並んだゲストの有名人が、それぞれに分析したりする。

そんなときは、さすが知りたがりの私も、

「情報過多じゃないかしら……」

などと、眉をしかめるが……そのくせ、テレビの前を動こうともしないで、そっと補聴器を調節しているから……我ながら、おかしく、恥ずかしい。人間というものは、誰もみんな、心の隅に、詮索好きのいやらしさやら、意地の悪さをもっているらしい。

ついこの間、断り切れない知人の頼みで――逢いたくない人に逢い、聞きたくない話を聞くはめになってしまった。用向きはわかっているし、どっちみち、断る話だけれど……席を立つわけにもゆかず、相手の長話を途中でさえぎることもできない。フト思いついて、髪の毛をかきあげながら、そっと、指先で補聴器を逆にまわしたとたん、何にも聞こえなくなった。（よかった）あとはゆっくり落ちついて、晩ごはんの献立を考えたりしながら……ときどき、にこやかに、（まあねえ）とか（なるほど……）などと小さい声で合の手をいれているうちに、話は終ったらしく、相手は満足そうに帰ってくれた。（ヤレヤレ）

寺田寅彦先生は、随筆の一節に、

「人間は見たくないものには、眼をつむることができる。しかし、聴きたくないことに耳をふさぐことはできない。これは不思議なことだ」

とお書きになっているそうな……。

それを考えると——難聴も満更ではないし、補聴器もなかなか楽しい。寺田先生がおできにならないことができた、というわけだから……。

さあ、今日も、聴きたいことだけ聴いて、おまけの人生を、ゆっくり、楽しむことにしましょう。

花のある暮らし

木瓜《ぼけ》が咲いた――ベランダの隅の植木鉢で、五十センチほどの小さい木瓜が、四本の枝にびっしり……押し合うように咲かせた、淡紅色の八重咲きの花。その見事さに、思わず家人と顔を見合せた。

「どうしたんでしょう……去年も一昨年《おととし》も咲かなかったのに……」

「木瓜さん、やっと目がさめて、あわてて三年分、いっしょに咲かせたんだよ、きっと」

「ほんと……そうかも知れないわねえ」

一昨昨年《さきおととし》の夏、ここ――湘南へ引っ越したとき、東京からいっしょに来た庭樹は……家人が大切にしていたバラ三本と、私のごひいきのこの木瓜だけだった。なんと言っても、暑い盛りのこと――庭樹はいっさい、動かせません、と、植木屋さんにことわられ、仕方なく、あきらめたが、それをきいて、私たちと同じ、花好きの知人が、せめて、これだけでも……とまわりの土ごと掘り起こして、自分の車で運んでくれたのは、なんともうれしかった。

それにしても、海辺の強い潮風が、もろに吹きつけるマンションのベランダでは……と心配していたバラが、思いがけず、翌年から、三つ四つと優雅な花を咲かせてくれたのに……強いと思っていた木瓜はさっぱり、次の年も、次の次の年も、ただ、黙って、じっと立ったままだった。

がっかりした私は、つい、家人が水をやっているそばから、

「木瓜さん、元気を出してよ、しっかりもののあなたが潮風に負けるなんておかしいわ、私たちだって、初めてのところで一生懸命生きているんだから、あなたも早く、花を咲かせて……木瓜さんだからって、呆けないでよ」

などと、よく、大きな声で言ったものだった。それが、今年、こんなに咲いて……もしかしたら、花は、花好きの人の言葉がわかる、というのは、ほ

んとうかも知れない。東京でも、よく、庭の花に話しかけたものだった。

広くもない庭に、バラ、藤、牡丹、つつじにさつき、白梅、紅梅など、むやみやたらに植えこんで……藤が咲き終れば、

「ご苦労さま、きれいだったわ、ゆっくり休んで……」

などと言いながら、お礼心の酒糟を、根もとに埋めこみ——たった一本の牡丹が、二十あまりの花をつければ、

「やっぱり、ちょっと多すぎたわね、来年は、可哀そうだけれど、蕾のうちにすこし、へらしましょうね」

と、あわてて蛇の目の傘をさしかけて、風や雨をしのぐようにしたりして……なんとか、四季それぞれの移りかわりを楽しませてもらったものだった。

塀ぎわの椿の盛りには、通りすがりの人たちの、

「きれいねえ……」

「これ、なんていう椿かしら」

などという声もきこえて……ちょっと得意になったりもした——たった三

本の椿なのに……。

春にさきがけて、可愛らしいピンクの花をつけるのは、乙女椿。一足おくれて、ゆったりと、白く大きい花を咲かせるのは、光源氏、最後に赤いしぼりの派手な八重咲きで、人目をひくのは、獅《し》子頭《しがしら》……と、植木屋さんに教えてもらった。

（それにしても……同じように固い茶色の細い幹から、どうして、こんなにいろんな花が咲くのかしら……）

子どもの頃からの、そんな私の思いに、そっと答えてくれたのは――ディズニーのアニメーション映画だった。画面いっぱいの地面の下で、三角帽をかぶった小人さんたちが大ぜい、せっせと働いていた。首をかしげて考えたり、うなずいたり、ときには、腕を組みながら――それぞれに、赤や紫、黄色や青など、好みにあわせて調合した水を、自分の前の木の根にそそぐと……色水はスルスルと木のまんなかを登ってゆき、たちまち、パッと美しい花が咲いた。

（ああ……そうだったの、なるほどねえ……小人さん、ご苦労さま）

あの映画を見てから、しばらくは、小人さんが働く夢ばかりみたものだった。ほんとに楽しかった。

あれから五十年あまり……今も、思いがけなく美しい花に出あったりすると、フッと、地面の下の小人さんの姿が目にうかぶ。東京の狭い庭に、押しあうように雑居していた、いろんな樹が、毎年、元気に花を咲かせてくれたのも、地面の下の小人さんのおかげに違いない。門の横に植えた金木犀《きんもくせい》が、はじめて甘い香りを漂わせてくれたときは、

（小人さんの中に、匂いを決める係がいるのかも知れない）

と、鼻をうごめかして首を傾ける姿を想像して、うれしくなったものだった。

それにしても……どの樹もみんな元気だったのは、狭い庭の、気のおけない雑居が、案外、みんな、気に入っていたのかも知れない。隅の白梅は、毎年、真白い花をみせたあと、大粒の実を、七キロも八キロもつけて、梅酒、

梅酢に不自由をしなかったし、軒先の紅梅は、格好のいい枝に、目もあざやかな花をたっぷり咲かせて、見る人の目を楽しませてくれたものだった。

背が低く、見栄えのしない木瓜は、その華やかなスター、紅梅の足許にひっそり立っていたことを、誰も気がつかなかった。梅が散ったあと——藤や牡丹が咲くまでのひととき、庭に花が絶えることがある。木瓜は、その短い間に、毎年、淡紅色の花をいくつか咲かせて、花の好きな私たちを慰めてくれた。まるで、自分の出場《でば》を知っていて、そのときまで、じっと待っている脇役みたい……と、元脇役女優の私は、なんとなく、いじらしく……とうとう、湘南まで連れてきてもらうことになった。

心ならずも残してきたスターたちはすべて、木造家屋といっしょに無惨に切り倒され、トラックへ放り込まれて運ばれていった……ということは、ご近所の方のお手紙で知り、家人と顔見合せて溜息をついたけれど——仕方がない、私たちが手離したのだから……。寝室の窓のそとに、意味ありげに咲いた石楠花《しゃくなげ》、下町娘のように可愛らしかった海棠《かいどう》、そっとつつましい山吹など……別れて三年にもなるのに、いまだに未練がましく、家人がうつした写真を眺めたりしている。

「鉢植えのものもいろいろあったのにねえ」

などと言いながら……。

そのなかで、たった一鉢——縁先においた朝顔だけは、引っ越しの朝、車に乗るとき、膝にのせてきた。下町時代からの友達が、入谷《いりや》の朝顔市で選んできてくれた大輪の寄せ植え……か弱い花のことだし、潮風が強いマンションのベランダでは……と心配だったけれど、残してはこられなかった。

引っ越して三日目——お天気がくずれて、夜半、ずっと烈しい風の音がしていた。なんと言っても、慣れない海辺の家……ねむりが浅かった。

朝がた——やっと静かになったトタン、

「朝顔はどうしたかしら……」

忙しさにとりまぎれ、つい、ベランダに置いたままの朝顔が急に心配になって……厚いカーテンと重いガラス戸をあけて見ると……案の定、鉢ごと隅の方へころがり、土がまわりにこぼれて……なんとも無惨な姿。

「昨夜のうちに部屋の中へいれておけばよかったのに……可哀そうなことをしたね」

家人といっしょに、ともかく鉢を起こそうとして、

「アラ……」

と顔を見合せた。花が……大輪の花が咲いていた——赤が二輪、紫と団十郎茶が一輪ずつ……横倒れになったまま……まだ残っている弱い風に、ユラユラとゆれていた。ここへ来て二日の間、咲かなかったのに……。

家人が溜息をついた。

「弱そうに見えても、しんは強いんだなあ、花というのは……。まちなかだろうと海辺だろうと、なんとか咲こう、咲かなければ、って一生懸命なんだね、きっと……」

ほんと……ほんとにそんな気がする。優しくて強い花たち……。

（さあ、私たちもこの通り咲きましたから、お二人とも元気を出して、早く、

新しい家に慣れて下さいな）

そう言って、老夫婦を励ましてくれるように見えた。

その日から、毎日、二輪、三輪……秋の初めに命が終わるまで咲きつづける姿は、なんとも、いとしかった。

翌年――梅雨があけるとすぐ、家人はプランターに土と肥料を入れ、近くの花屋さんから買ってきた朝顔の種を蒔いた。

「ベランダで育てるんだから、大輪は無理だろう」

と小さい花の種を選んできたのが、よかったらしく――間もなく、淡いピンクの可愛らしい花が、細い竹の四つ目垣にすがって、二十、三十……ときには百近くも咲き、毎朝、それを見るだけで、晴れ晴れとうれしかった。

夕方――咲ききって萎れたものを摘んでとってやると、次の朝、新しく、元気のいい花がパッと咲く。

（短い一生を終ってから――花の命はどこへゆくのかしら……）

あるとき、フッとそう思った。

朝顔のそばの小皿に、小さく刻んだパンやりんごをいれておくと、十二、三羽の雀が、待ちかねたように飛んでくる。ついこの間まではきれいなセキレイが二羽、いつもいっしょに食べにきていたのに……この頃は一羽になった――あとの一羽はどうしたのだろう……。

（寿命がつきたとしたら……その命はどこへ行ったのかしら）

そう言えば……この花や鳥に慰められている私の命は、とどのつまり、どこへゆくのかしら……。

今日は晴。青く静かな広い海の向うに、真紅の夕陽がなんとも美しく、おがみたいような気になる。

（もしかしたら……あすこに生命《いのち》の源《みなもと》があるのではないかしら――すべての古い生命をやさしく引きとって、新しい生命を元気に送りだしてくれるみないもとが……）

そっと、聞いてみようとしたけれど……夕陽はやさしく微笑んだまま、黙って、海の向こうに沈んでいった。

生命というのは、なんとも不思議で、面白い。

II

わたしの昭和

大正十五年十二月二十五日、昭和と改元された日――私は日本女子大の一年生だった。明治四十一年生れ、かぞえ十九歳。

毎年、年末年始の催しで沸き返る浅草の街はシンと静まり――あけて昭和二年一月、学校では「諒闇《りょうあん》につき、一切の行事は遠慮……」され、生徒は笑い声を立てないように注意された。「お通学生」の私は、和服の胸に黒いリボンをつけ、長い袴に草履をはき、浅草雷門から市電に乗って目白へ通った。

東京の下町、浅草の芝居者の娘が両親にせがんで女子大へ行ったのは、いろんなことが知りたかったからである。新聞を読んでも、女のくせに……と言われた時代だったが、私は（人間は何のために生きるのか？　どう生きたらいいのか？）それがどうしても知りたかった。

親との約束は、「家事を怠けないこと。生意気にならないこと。学費いっさいを自分で稼ぐこと」だった。家庭教師のかけもちをしたおかげで好きな本も買えたし、学校という囲いの中で、ゆっくり考えたり悩んだりすることができたのはとても嬉しかった。

表面、品よく静かな学園の中にも、時折り、外の冷たい風が吹き込んできた。農村の不況のために娘が売られ、炭坑や工場につぎつぎストライキが起きた。政府が治安維持法を改正し死刑や無期刑を追加した頃、女子大の寮生の一人が、左翼の本を持っていたために放校され、校庭の隅でヒソヒソ話す学生もいた。

そんな中で、私が読み耽《ふけ》ったのは小説、戯曲ばかりだった。（社会運動は私に向かない。地方の国語教師として清く正しく生きたい）そう思っていた。

貧しいながら穏やかに暮していた日向の雑草……単純で情の厚い下町娘は、他の人たちときびしく対決することは、とてもできそうもなかった。ただ、

『女工哀史』に涙を流すだけだった。

昭和四年末、卒業間際に突然、退学したのは、尊敬していた教師が自分の栄達のために同僚を裏切る姿をかい間みて、教育という仕事に対する夢が破れたからだった。なんとも幼い潔癖さである。

当時、築地小劇場から分裂した新築地劇団の研究生になったのは、「働く人たちがみんな幸せになるための運動」という主旨を聞き、（これこそ、私の生き甲斐）と胸をときめかしたからだった。

昭和四年、金子洋文作「飛ぶ唄」の旗揚げ以来「太陽のない街」「蜂起」など、素人女優はただもう、一生懸命だった。

世間の不況はますます深刻になり、緊縮政策をすすめていた浜口首相が狙撃された。昭和七年一月、上海事変が起こり、三月、満州国建国宣言が行われると同時に、政府は左翼的文化団体を激しく弾圧した。いわゆる「コップの嵐」である。私が築地小劇場から築地署に連行されたのは、その年の三月末だった。

運動の中で、私がまったくの雑魚であることは特高（特別高等警察）の方がよく知っていた。二十九日の拘留の間、毎日、「こういう悪い運動は二度といたしません」という上申書を書けと責められた。

留置場暮らしは辛かったけれど、私は書けなかった——あの運動が悪いこととはどうしても思えなかったからである。もういちど二十九日の拘留生活を繰り返したあげく起訴された。検事は、「刑務所でゆっくり後悔するんだな」と苦笑していた。

市ヶ谷の未決監の独房にいれられたまま、取り調べもなかった。母は三日にあげず差し入れに来てくれたが面会は許されなかった。（政治運動に向かない私がこんなことに……でも、何にでも捨て石は必要なのだから仕方がない）あきらめて、じっと坐っていた。書くことはいっさいだめ。読めるのは語学の本だけ。

私の未決暮らしは通算一年八カ月——その間にいろんなことがあった。一度、保釈になったが、劇団の上部の人の命令で公判闘争をやり、そのまま地下へもぐって新聞「赤旗」の配達をして、また捕まった。仲間との次の連絡場所と時間について厳しく責められ——死ぬかも知れない……そう思いながら私は口をつぐんでいた。(仲間を売って、一生後悔しながら生きるより、まし)と思って……。

それなのに、二度と政治運動に係わるまい、と心に決めたのは、そのあと、先輩の裏切りを知ったからだった。

誰も信じられなくなった。(人間は弱いもの——理想社会をつくるのは無理かも知れない)悲しかった。

懲役三年、執行猶予五年の判決をうけて出所した私は、日活映画スターの兄(沢村国太郎)のすすめで撮影所へはいった。昭和九年五月。さんざん苦労をかけた母の、「お前のしたことは決して悪いことじゃないよ」という一言にはげまされ……もういちど生きてみる気になった。

もともと、映画女優という仕事は私には無理と思っていたが——この社会はやっぱり、むずかしかった。ちょうど、無声からトーキーに移る時代で何もかも混乱していた。「学校出の赤い女優」は、台詞をキチンと覚えることさえ生意気に見えたらしい。

自立するための職業として選んだ道だから、ただ、黙ってひたすら努力したけれど、辛いことが多かった。

昭和十一年二月、皇道派青年将校のクーデター――二・二六事件を撮影所のラジオで知った。スタッフといっしょにロケバスで新宿まで行ってみたが、憲兵に追いかえされた。(こんな形で日本の一画がくずれてゆくのかしら)と胸を打たれ、二、三日眠れなかった。

十二年七月、日中戦争の発端となった盧溝橋事件が起きた。日本中、どこもかしこも重苦しい空気が流れた。翌年、内務省から映画界に対して、個人主義排除などの内容制限が要請された。

「土と兵隊」「麦と兵隊」などが推奨され「太平洋行進曲」が流行し、十五年に大政翼賛会が発会され、十六年十月、東条内閣が成立した。十二月八日の真珠湾攻撃、米英に対する宣戦布告を私が知ったのは、名古屋でアトラクションをしていたときだった。町中がざわめいているなかで——私はただ、暗澹《あんたん》とするだけだった。

映画に対するしめつけはますます厳しくなった。息子を戦線におくる母親役の私の眼に「涙がにじんでいた」というだけの理由でそのシーンがカットされ——私は撮影所をやめ、兄のつくった小さい劇団にはいって、地方巡業をした。

前進座にいた弟（加東大介）が召集されたのは十八年のこと。出発の朝、弟の妻と母が、「どんなことがあっても、生きて帰ってきて……」と涙をこらえて弟に囁《ささや》いていた。

物資は日増しに不足し、四十人近い劇団員の食糧を確保するのはたいへんだった。戦況もいっこうにわからない。行く先々の旅館で借りたペラ一枚の新聞には、大本営発表の大勝利の記事ばかり……どこかに本当のことが書いてあるのでは？　と、うす暗い電灯にそっとすかしてみたい気持だった。

空襲が激しくなり、旅興行の先々で逃げまどった。四日市、大阪の激しい爆撃の下で生きのびることができたのは（運がいい）——ただ、それだけだった。二十年八月六日に広島に新型爆弾が落とされた。つづいて九日には長崎に……白い着物を着ていた人だけが助かったという噂をきいた母は、「それじゃあ、経帷子《きょうかたびら》を着ていよう」と苦笑した。

核爆弾と知ったのは、ずっとあとのことである。八月十五日——戦争が終った。天皇の放送をきいて、胸のつかえがやっととれた感じだった。「これからたいへんだろうけれど、戦争して殺し合っているよりましね、何があっても……」母や義妹と、久しぶりで笑った。

それからの国中の混乱は、たしかにたいへんだった。私は映画の仕事に戻ったが、その時の出演料が思い出せない——お金の値打ちが毎日のように変ったからである。国鉄運賃、演劇映画の入場料、酒も煙草もすべて倍々式に値上げされ、高い闇値《やみね》のお米は庶民の口にはいらず、配給の椰子の油でいためたふすま（小麦の皮）は、喉をとおらなかった。二十四年、「年齢はすべて満で数える」という法律が公布されたときだけは、ちょっと得をしたようで……おかしかった。

いま、昭和六十三年もやがて終ろうとしている。その間、四十年——激しい社会の荒波の中でなんとか自分を見失うまい、と夢中だったが——同じ価値観をもつ夫とめぐりあい、いっしょに暮らすことができたのは幸せだった。

どんな時代にも、世の中の仕組みや人の心の移り変わりはあるけれど……それにしても「私の昭和」のめまぐるしさはどうだろう。戦後、やっと手にした平和を、二度と失うまい……誰しもそう思いながら、せっかく与えられた民主主義を育てきれずに右往左往している。

私たちにとっては二十歳の若者の考えが理解できないし、その青年たちは十代の子の気持がわからない、と言う。人間の世界には、「絶対こうするべき……」ということはないような気がする。ただ……同時代に生れ合わせたのも何かの縁——お互いの思いやりは欲しい。

かぞえ十九歳で昭和を迎えた乙女は、いま、満八十歳の老女になった。永かったようでもあるし、短かったような気もする。

海外派遣だけはやめて！

また一つ齢《よわい》を重ねて、ますます物忘れがひどくなってきた。毎朝、サラダに使う野菜の名を忘れ、長い間、いっしょに仕事をした俳優さんの名が思い出せなくてマゴマゴしたりする。つい……世間の難しいこと、面倒なことに顔をそむけ、居間の窓辺に立って、のんびり、きれいな海を眺めていることが多い。

そんな老女が……ＰＫＯ（国連平和維持活動）についての国会中継の間、テレビの前にじっと坐っていた。この法案が通れば自衛隊が海外に派遣されるときいて、「政治問題は嫌い」などと言っていられなかったし、政府の偉い人の「武力の行使を目的としないＰＫＯの参加は、平和に関する憲法に違反しない」という言葉が信じられなかったからだ。

満州事変、日中戦争から真珠湾爆撃――それから三年八カ月の長く暗い戦争を経験したものにとって、何より大切な平和憲法を伸ばしたり縮めたり、都合のいいように解釈されては、それでなくても弱っている年寄りの心臓はますます息苦しくなる。

水に濡らした防空頭巾一枚をたよりに炎の街を逃げまわった大阪空襲――真夜中の機銃掃射を避けようと、知らない街を這いまわった四日市の夜の恐ろしさ……いま、こうして生きているのは、ただ、運がよかっただけ……。

そんな私にとって、「二度と戦争をしない」という平和憲法がどんなに大切か、政治家の皆さんは本当にわかってくれているのだろうか。この国を守るだけの軍隊と思っている自衛隊をなぜ、海外へ派遣しようとするのですか――どうして？

世界情勢にまるで無知な私も、「自分の国さえ無事ならそれでいい」とは決して思っていない。恐ろしい太平洋戦争がやっと終わったあと、ほうぼうの国から助けていただいたことを忘れてはいない。私たちの国はいまのところ穏やかだし、経済的にも余裕がある。困っている国になにか奉仕を……と思っている人は、私のまわりにも沢山いる。

けれど……自衛隊の海外派遣だけは、やめてほしい。派遣された人たちも、自分の身を守るため、という武器をどんな時使ったらいいか……戦争になりそうだったら、自分の判断で引きあげていいというのは、本当か……悩むに違いない――国連では、「軍事要員は現地司令官の命令に従うこと」とハッキリ決めているそうだから……。

政治というのはいろいろ難しいだろうけれど、この国の偉い人にお願いしたい。日本が戦争に参加しないことを外国から非難されても、「私たちの国には平和憲法がありますから」と言明し、その代わり、飢えた難民には食糧、病人には医療など、できるだけの援助をする政策を考えてください。

今日も、海の向こうに静かに沈んでゆく美しい夕陽を眺めながら――世界中の国がみんな、平和憲法をもってくれるように祈った。

わたしの乱読時代

小雨の降る朝、傘をさして大きい竹籠を持ち、いつものように新聞をとりに行った。郵便箱にギッシリ押し込まれている六種の新聞にはそれぞれ、アート紙の綺麗な広告がはさみこまれ、老女の腕には抱えきれないほど重い。

わが家には殆んど必要のないちらしをとり出し、身軽になった新聞は取りあえず、居間の机の上に置く。ゆっくり読むのは朝食の仕度、あと片づけがすんでからのこと。十時から一時間半か二時間が、私たちにとって大切な「新聞のお時間」である。

去年の暮、私は六十年間つづけた女優を廃業したし、家人が評論家の仕事をやめたのは三年ほど前のこと——二人とも、残りの人生をゆっくり暮らしたいと思っている。

それなのに——なぜ、いまも毎日、たくさんの新聞を読むのか、と不思議そうな顔をするのは、私より十歳ほど若い未亡人である。彼女は七、八年前から新聞をとっていない。

「だって、ニュースはテレビで見られるし、年寄りはあんな面倒なもの、見ることはないでしょ。目が疲れるだけだもの」

そうかも知れない。世間の話題になるような出来ごとは、朝晩テレビが知らせてくれる。でも……私たち夫婦は、老眼鏡を拭きながら、つぎつぎと新聞に目を通す。

「どうしたの？　なぜそうなったの？　これから、どうなるのかしら？」

知りたがりやの老人が、繰り返し、たしかめることができるのは、やっぱり、活字である。同じ問題を扱っている新聞の論調がそれぞれ違っているのも面白い。

私たちのうち、一人が用事のあるときは、ゆっくり読んだ方が、「本日のおすすめ品」として、大事な記事を赤い鉛筆で囲んでおく。夜更けて、それを見るのも楽しい。一つの新聞に、一つだけでもそんな記事があれば、新聞代は高くない。雑事に疲れた頭の適当な体操にもなるし、多少、呆けるのがおそくなるかも知れない。

人間はみんな寂しい。ひとりでは生きられない。だから——他の人がどんなことをどう考えているのか……それが多少でもわかれば、心が豊かに優しくなるような気がする。

新聞のあとは読書——居間に積み重ねてある本を少しずつ読むおかげで、長い人生に退屈しないのもうれしい。

私の育った東京の下町、浅草の家にはあんまり本がなかった。歌舞伎芝居の奥役——プロデューサーのようなことをしていた父の部屋に飾ってあったのは、「河竹黙阿弥」と「鶴屋南北」の全集だけ——押入れに、雑誌、文藝倶楽部が何冊かはいっていた。

私が（本が読みたい）としきりに思ったのは、小学校から帰ったあと、母に代って、子役の弟の付き人をするようになってからだった。近くの芝居小屋で、毎日、弟の舞台をみているうちに、私の小さい頭にフッと疑問がおきた。

「先代萩」の政岡役も「重の井子別れ」の重の井役も、みんな優しい母親なのに、なぜ、可愛い自分の子を目の前で死なせたり、突き放したりするのかしら？

みんな、あとで「お主《しゅう》のため」と泣きくずれるけど「お主《しゅう》」って何かしら？　それがどうしても知りたくなった。家へ帰って、母に聞くと、

「私は学問がないからわからないよ」

と言うだけだし、父には叱られた。

「昔から、お主《しゅう》のためには何でもする、と決まってるんだ、つまらないことを聞くな」

小学校の先生にはもっと怒られるような気がして、聞けなかった。

（本に書いてあるかも知れない）その頃は女が本を読むと生意気だと言われ

たが――父の留守に二階の雑誌をそっと拡げた。小説というのをはじめて読んだが、とても面白かった。

その中で、いまも心に残っているのは、蜆売《しじみう》りの貧しい少年が、自分の恩人を殺そうとしている悪侍に橋の上でいじめられる話だった。恩人の居場所を言わないために、悪侍が少年のやわらかい手を小柄《こづか》でプツリと刺す……それでも唇をかんで耐えている……その先はこわくて読めなかった。

(私ならしゃべってしまうかも知れない……弱虫だから)そう思うと恥しくなって、その晩、うなされた。母に「女の子のくせに本ばかり読むから」と叱られたけれど……二、三日して、またそっと二階へあがっていった。

歌舞伎の全集ものは、むずかしい字がたくさんあって、わからない。(勉強して、いろんな本が読めるようになりたい)その一心で、やっと両親を説得して女学校へゆくようになった。芝居ものの下町娘としては珍しかった。父の条件は、家事を怠けないことの他に、学費は自分で稼ぐことだった。その頃、気違いじみた好景気のあとのひどい不況でたくさんの銀行がつぶれ、父の貯金もなくなっていた。

歩いて通えて月謝の安い府立高女に運よく合格した私は、アルバイトとして家庭教師をはじめた。下町には珍しかったせいか、週二回として一カ月五円の月謝は悪くなかった。大学出の初任給が五十円から六十円の頃である。この世知辛い世の中でお金を稼ぐためには遊び半分ではだめ、ということを庶民の娘はよく知っていた。

十五歳の女学生先生は、小学校五、六年の後輩を相手にただもう一生懸命だった。生徒は五人、六人とふえ、月収三十円にもなった。娘らしいお洒落にいっこう、興味のなかった私にとって、学校の費用一切を払ったあと、好きな本を買うのに充分なお金だった。

学校の帰り道、雷門の本屋へ寄るのが楽しみだった。その当時、一冊一円で売り出された全集を「円本《えんぽん》」と呼んだ。「現代日本文学全集」につづいて、あちこちの出版社から出されたこぶりの綺麗な全集を、私はせっせと買い込んだ。机を置かせてもらった玄関の三畳の壁際にずらりと並べた本を見て、

父は、

「貸し本屋じゃあるまいし、色気がない」

と眉をひそめたものだった。

（人間は何のために生きているのかしら？　これからどう生きたらいいのだろう？）

年ごとにふくらむ疑問に、この本が少しずつ答えてくれるような気がした。

「芝居ものの娘が……」とまわりの人たちに呆れられながら、私は女子大へ通った。家庭教師の口は増え、学費は充分だった。ただ――アルバイトが忙しすぎて、せっかく買った本がゆっくり読めないというのは、おかしい……と気がついてすこしずつ生徒をへらした。

大学へ行ったのは、その囲いの中で静かに本を読み、考え――私の青春を充分悩みたい……それだけが願いだった。

四年近い大学生活の間、私が夢中で読んだのは小説、戯曲ばかりだった。

その頃、表面静かな学園の中にも、時折り不況の冷たい風が吹きこんできた。

農村では娘が売られ、工場や炭坑で次々ストライキが起き、治安維持法が改正された。大学の中でも、左翼の本をもっていただけで寮生が放校される事件もあって、心が痛んで眠れない夜がつづいた。

そんな中で、私が思想的な本はいっさい避けて文学書ばかり読んでいたのは、自分が社会運動に向かないことを知っていたからだった。貧しいけれど、住む家、食べるものに不自由しなかった日向の雑草……情にもろい下町娘は、社会に対して厳しい戦いをいどむことはとてもできないと思った。

後年、私が治安維持法に触れたのは「真面目に働く人がみんな幸福になるための運動」に心を動かされたからだった。

お互いにたすけあう人間の愛情を、シュニッツラーの『盲目のジェロニモとその兄』やO・ヘンリーの『最後の一葉』など、たくさんの本が教えてくれた。西鶴・一葉・緑雨から、ドストエフスキー、チェーホフ、ゾラなど……文字通りの乱読だったけれど、おかげで、一生懸命、考えたり悩んだりして、どうにか自分なりに生きてきた私に、すこしも悔いはない。

若いときから、読書の習慣が身についたことを、いまも、何よりの幸せ、と思っている。

父のうしろ姿

終戦の翌年、八十四歳で亡くなった父に、私はコッソリ仇名をつけていた。「極楽トンボ」——極楽にいるトンボのように、いつも気ままにのんびり暮らしているように見えたからだった。

とにかく、わが家の「天下《てんか》さま」だった。東京の下町、浅草の小さいしもたや——その茶の間の大きな座蒲団にデンと坐って、横のものを縦にもしなかった。そのくせ、母や私たち子どもに大きい声を出したり手をあげたりしたことは一度もなく、いつも陽気だった。

お酒は一滴も飲めなかったが、食物はひどく片寄っていた。たまにわが家で食事をするときは、店屋もの——刺身、天婦羅、鰻を一人前だけ、私が買いに行った。ちゃぶ台の正面の父は太い象牙の箸でゆっくり、それを口に運んでいたが、まわりの私たちはいつも母の手料理……里芋の煮つけや五目豆だった。家族の誰もそれを不思議と思わなかったのは——父は一家の稼ぎ人、子どもはまだ半人前のお荷物、と納得していたからだった。たまに、

「お前たちも早く大きくなって働くと、こういうものが食べられるんだよ」

そう言いながら一切れずつわけてくれた鰹のお刺身のおいしかったこと——早く大人になりたい、とほんとに思った。

父は芝居者だった。歌舞伎の狂言作者から奥役になり、興行師直属として、座組から狂言立て、配役、給料、ときには旅興行もとりしきっていた。気分屋の多い幕内のこと——頭の痛いことも始終だったらしいが、わが家で愚痴を言ったことはなかった。

「父さんは芝居きちがいだからね、無理矢理この道へはいったんだもの、芝居の苦労は苦労じゃないんだよ」

母が小さい声でそう言って笑った。

父の生家は裕福な本所の酒問屋で、芝居とはまったく関係がなかった。いろは蔵《ぐら》が並んでいたが、維新の混乱期に大勢の浪士に度々襲われ、軍用金と称して殆んどの金品を強奪され、当主（祖父）は若死にし、家はつぶれた。長男の父は小学校を出るとすぐ、家の再興の重荷を背負わされ、浅草猿若町の質店へあずけられたが、当時の猿若町には江戸中の芝居小屋が集まっていた。質屋の二階で、毎日、下座のおはやし、三味線、柝《き》の音を聞くうちに商いより歌舞伎芝居に夢中になり、質入れにくる役者、裏方におだてられたせいもあり、

（どんなことをしても役者になる）

と決心したのは十九歳。背が高く、ほっそりと色白の、坊ちゃん風二枚目だった。

しかし、その必死の願いもかたい親類たちに強く反対され、結局、祖母のとりなしで河竹黙阿弥翁に弟子入りし、狂言作者として、やっと念願の芝居道へはいった。

（自分の代りに子どもはみんな役者にする）

という父の悲願はそのときたてられた。

世間知らずの素人にとって歌舞伎の世界はきびしかった。さんざん苦労を重ね、どうにか一人前の芝居者になれたのは三十五歳。いそいで結婚したのは子どもが欲しいため――身体の丈夫な頭のいい女房を、というのは生まれてくるはずの息子を一流の役者にするための条件で、器量は並《なみ》でいいというのは、自分の子に無器量な子ができるはずはないという自惚れだったという。

二十五歳で嫁いできた母を、子どもを産む機械ぐらいに思っていたらしい。女二人、男二人の子どものうち、自分によく似た長男（沢村国太郎）を溺愛し、六歳で初舞台を踏ませ、毎日見惚れていたという。永い間の夢が叶ったわけだ。次男（加東大介）も四歳から子役にした。

歌舞伎役者になれない女の子は、父にとっておまけだった。長女（矢島せい子）は父の妹の家へ養女にやられ、私は母の家事を手伝い、兄や弟の世話をした。男と女の差別ははっきりしていた。

それでも私は、芝居が好きというだけで、ほかに何の欲もなく、いつも明るい父が好きだった。やっと年頃になった私に持ち込まれた偉いお金持からの縁談――その断りかたがうれしかった。

「見損なわないでくれ、娘を玉の輿に乗せるほど落ちぶれちゃいないんだから……」

あれこれとむずかしい幕内で、五十年あまり、大勢の座主、役者、裏方から信頼されていたのは、一銭一厘、お金の間違いがなかった上に、芸を見る眼がしっかりしていたせいだと思う。給金の値上げをせがむ若い役者に、

「これ以上の金をとれる芸じゃないね」

とピシッと言った言葉を、私は女優になってから、何度も思い出した。

後年、子どもたちが稼ぐようになっても、余分の小遣いは決して欲しがらず、ただ、みんなの舞台や映画を観ては、きびしい批評をするのを楽しみにしていた。

芝居きちがいの父、芝居のほかに何の欲もなかった父――今頃は多分、あ

の世で、生来の極楽トンボとして神さま仏さまに、けっこう可愛がられていることだろう。

食べもの雑記

「ヘエーうちはまったく口運《くちうん》がいいねえ……」

「そうよ、ほんとに口運がいいのよ、私たち……ついてるのね」

思いがけず、美味しいものが手にはいったりするたびに、私と夫はそう言いながらニッコリする。

口運——つまり、食べものについての運。どの辞書にものっていないような俗語だけれど、食いしんぼうにとっては何よりうれしい言葉である。その運のない人は、ほんのちょっとした手違いで、せっかくのご馳走を食べそこなったりするのに、ついている人はいつもチャンとその席に坐りこむ。ありがたいことに、わが家はどうやらついている。

人間のもつ、さまざまな欲望は、齢とともにすこしずつ衰えてゆくけれど、食欲だけは最後まで残るらしい。そのせいだろうか――いくつになっても、おいしいものをおなかいっぱい食べると、なんともしあわせな気分になり、まわりの誰彼に優しい言葉の一つもかけたくなってくる。気の短かい江戸っ子だった私の父も、気にいった食事をしたあとは、おかしいほど機嫌がよかった。

ことわざ大辞典の「喉三寸」の項には「美味を味わうのも、口から喉へかけてのわずかの間で、飲み干してしまえば皆同じである」と書かれている。食物のぜいたくをたしなめる意味である。

ところが、うまいもの好きの父は、それをきいて、

「冗談じゃないよ。たった喉三寸の間でしか楽しめないんだから、なるほど、と思うものを食べなきゃ、生きてる甲斐がないというもんだ」

などと勝手な理屈をつけ、毎晩、食卓の正面にデンと坐り、おそうざいを囲む家族とは別に、ひとり、象牙の箸で、鰻の蒲焼、車えびの天婦羅、鮪の

おさしみなど、庶民のぜいたくを楽しんでいた。お酒は一滴ものめないくせに、その肴と言われる生うに、なまこ、鮑《あわび》にも目がなかった。

それだけに――戦争が激しくなり、白いお米、いきのいい魚など、まったく手にはいらなくなった頃の情けなそうな顔――。

「近ごろ、うまいものにさっぱりお目にかかれなくなったせいかも知れないな……舌がバカになっちまって、ものの味がてんでわからなくなった――味気ない暮らしっていうのは、こういうことさ」

呟く声にもはりがなくなって――とうとうおいしいものを食べないままに戦後間もなく、亡くなってしまった。でも……極楽トンボで誰にでも好かれる人だったから、もしかしたら神さまにまた新しい味蕾《みらい》をいただいて、天国で食べ歩きをしているかも知れない――どうぞ、そうでありますように……。

味蕾というのは、人間の舌粘膜にあって、味覚を掌《つかさど》る細胞だそうである。ものの味がわかるのはそのおかげだけれど、齢とともにその数が減ってゆくというのは、ちょっと寂しい。もっとも、若い人でもいい加減なものばかり食べていると、いつの間にか、その大事な味蕾が消えてなくなる、というからこわい。ものの味のわからない暮らしなんてなんとも味気なく侘《わび》しいだろうに……。

このごろは——家にも街にも豊かな食物が溢れて、よりどりみどりである。せいぜい美味しいものを食べて、味蕾をへらさないようにしなければ……そう思ってまわりを見渡して驚いた。世はまさに一億総グルメ。食通ラッシュ——テレビにも新聞雑誌にも料理の記事がいっぱい。

こうなると、ほんとうにうまいのはどれなのか、素人にはわからない。高価なものほどおいしい、とは思えないし、珍しいから結構とも言いかねる。なにをどうしたらいいのかしら？　悩んだあげく、老主婦の私は、こう決めた。（いま、食べたいと思うものを、ゆっくり、気楽にいただくこと）

嫌いなものは遠慮しよう。と言って、いくら好きでも、毎日つづけば飽きがくる。寒いときは温かいもの、暑いときは冷たいものを、色どりよく盛りつければ目でも食べるし、香りを大切にすれば、つい箸もすすむ。気取らず、構えず――肩の張らない場所でなければ、年寄りは喉につかえる。

わが家の狭い庭もすっかり冬景色になった。葉を落とし切った紅葉や木蓮が、なんとも寒そうな姿で立っている。

さっきから廊下に立っていた家人が、声をかけようとする私に――そうっと植木棚を指さした。

ピラカンサの真赤な実を二羽の小鳥が夢中でついばんでいる。小さい声で、夫が言った。

「やっと食物をみつけたんだね。口運があったっていうわけさ」

「ほんと……よかったわねえ」

こちらまで、何だかうれしくなった。大事にしているピラカンサだけど――まあ、いいでしょう。生きとし生けるもの……みんな、口運がありますように――。

話し上手・きき上手

永く女優をしているおかげで、私は日本中あちこちの言葉をよく習った。もっとも、やっと覚えた方言も、そのドラマが終ってホッとしたトタンに、きれいサッパリ忘れてしまうのだから、とても習ったなどとは言えないけれど――それにしても、そういう役を貰うたびに、慣れない言葉をなんとか口に馴染ませようと、いつも必死だった。

私にとっていちばんむずかしいのは関西弁である。しゃべれなくても、きき馴れているから、自分のなまりがおかしいことだけはすぐわかる。だから、つい、あせってしまう。

いつだったか、方言指導の先生が気の毒そうにつぶやいた。

「むつかしいことどすなア。あんたはんは見たとこ、きっすいの江戸っ子やさかい、お顔からして京都弁がお似合いやおへんしなア……」

たしかに、地方によって顔つきが違うようである。東京の下町育ちの私は、いかにも勝気で短気そうな顔をしているし、しかも、人並み以上の早口である。

終戦前後、一年あまり京都に住んだことがあるが、知り合いに電話をかけるたびに、言われたものだった。

「貞子さん、なに怒ってはりますのン？」

決して怒ってなどいないのだけれど、用向きを手っとり早く、ハッキリ相手に伝えようとすると、ついそんな口調になるらしい。

「こないだのアレこうなりましたから、こうこうして下さい、わかりましたね」

こちらの意志はチャンと伝わるが——味もそっけもない。つまり、風情がなさすぎる。

京都の言葉はいつもやさしく、ていねいで感心する。撮影所で電話をかける用事ができて、結髪《けっぱつ》にお金をくずしてもらったら、

「へえ、おおきに、すんまへんなア」

そう言いながら渡されて、こちらはとっさに言葉につまり、

「……いえ……どうも」

東京もんは、これだから、困る。

この間、NHKの「日本語再発見」で落語家の露乃五郎さんが言っていられた――関西では、断わるときも、間接的に否定する。

「これ、嫌いです」

関東なら、そう言うときにも、

「これ、も一つ、好きやおまへんねン」

なるほど――その方が当りが柔かい。

ただ――ともすればイケぞんざいな口をきく江戸っ子も、相手を傷つけるような言い方だけは決して、してはいけない、と古老たちにきびしく言われ

たものだった。当の相手がひとり、そっと胸にたたんでいるようなことをズケズケきいたりすると、あとで、

「この唐変木《とうへんぼく》、よけいな口をきくな、相手の身にもなってみろ」

と大声で怒鳴られたあげく、当分、仲間はずれにされたりした。

他愛ないおしゃべりを、何より楽しみにしているおかみさんたちも、けっこうみんな聞き上手だった。

小娘の私が、表の格子や窓を磨きあげる母の手伝いをしていたのは、暮も押しつまって、猫の手も借りたい数え日だった。その背中に、

「ごせいがでるね、寒いのに……」

声をかけたのは、向う横丁の左官やのおばあちゃんだった。ムクムクと暖かそうな綿入れのチャンチャンコを着ている。それを見て、

「アッ、そのチャンチャンコ……」

言いかけた私の肩を、コツンと叩いたのは、それ以上言うな、という、いつもの母の合図だった。あわてて口をつぐんだ横で、

「ホントにまあ、いいのを着ているね、おばあちゃん……よく似合うよ」

「アア、これ、見とくれよ、八十のお祝いだって、いつの間にか、孫が縫ってくれたんだよ……あの子はやさしいし、器用だし……」

「へエ……お花ちゃんがそれをねえ——ほんとに器用だねえ」

すまして相槌を打ってる母を、私は呆れて見上げていた。

(母さんの嘘つき——おばあちゃんにチャンチャンコを縫ってやりたいからって、うちへおそわりにきたのはたしかにお花ちゃんだけれど、結局、母さんが縫ったんじゃないの。お花ちゃんはとてもいい子だけれど、不器用で見ちゃいられない、ってあとで言ってたくせに……)

たっぷり、孫の自慢話をして、うれしそうに帰ってゆくおばあちゃんのうしろ姿に小声で、

「いいんだよ、これっくらいの嘘は観音さまだってかんにんして下さるよ、せっかくおばあちゃんがあんなに喜んでいるんだもの。チャンチャンコぐらい、誰が縫ったって、世の中べつに変わるわけじゃなし……それより早く雑

巾しぼっとくれ、サッサとしないと日が暮れちゃうよ……ホラ、早く、早く」

いつも、こんな調子だった。

そのくせ、ご近所の年寄りが同じことをくり返しくり返ししゃべるのを、忙しい手を休めて、ニコニコしながらきいてやる。

たまに、子どもの私がウンザリして、あとで、

「あの話、もう百ぺんぐらいきいたわね」

などとボヤくと、

「何べんだっていいじゃないか。年寄りってものは、どんな面白い話をきくよりも、自分の思い出話をきいて貰うほうが、ずっとうれしいんだよ、功徳だよ、きいて上げることが」

だから、相手の話に余計な口をはさまない。話の腰を折られれば、しらけてしまう。

「アア、それから、こうしたんですね」

などと先まわりするのもいやらしい。利口を鼻の先にぶらさげているみたいで、きいていて気持が悪くなる――よく、そう言っていた。

「話ってものは、よく相手の身になってするもんだ」

鬼瓦みたいな顔をした屋根やの親方が弟子に言ってきかせているときの、あのやさしい眼を――私はいまだに覚えている。

友だち夫婦

去年、夏休みの終りころ、あるパソコン入門雑誌が企画した「人間コンピューター」の催しに、中高生四百人あまりが参加した、という記事が新聞に載っていた。

私はちょっと不思議だった。集った子のほとんどがプラカードをしっかり掲げて、三時間以上も広場に整然と立ちつくした、という。――パソコンに興味を持つことで、子どもたちはそんなにも我慢強くなるものだろうか？

参加理由をきかれた何人かの中学生の答えが、そんな私の疑問を解いてくれた。

「友だちがいないから……」

クラスの中でパソコンを持っているのは、一人か二人だという。仲間が欲しい、この機械の素晴しさについて、おしゃべりしたい……子どもたちはその願いのために、強い日射しの中で、じっと立っていたらしい。

友だちのいない子の毎日は――暗くて寒々としている。ひとりぼっちということがどんなに悲しくみじめなものか、人は皆、もの心ついたときから知っている。もしかしたら、この催しの企画者が感じたとおり、パソコンゲームに熱中することは、仲間を求める子どもたちの一つの手段かも知れない……無線操縦の自動車、飛行機、あるいは、アマチュア無線と同じように。なんとも、いじらしい。

大人たちも――友だちが欲しい。詩歌、碁、将棋、ジャズダンス、バラ同好会、太極拳などなど……たった一人でその道を極めてゆくのは特別な人である。たいていは、それを一つの縁にして仲間を求め、心ゆくまで語り合うことで孤独の辛さを忘れ、ときにはそれが生き甲斐にもなってゆく。友人の多い人は皆、ゆたかな顔をしている。

親友と呼べる相手を持つ人は、とりわけ、しあわせである。すべての欲を離れて、信じ合う友情の美しいこと。その貴重な結びつきを永く続けてゆくためには、お互いの深いいたわりが何より大切。相手が決して自分を裏切らないことに安心し、甘えすぎて、自分が相手を悲しませるようなことをすれば、二人を結ぶ繊細な糸はプツンと切れてしまう。人間の心の奥底には、どんな人にも踏みこまれたくない場所が、たいてい一つや二つはある。狎《な》れにおごって、きいてはいけないこと、言ってはいけないことがある──それを忘れるな、と昔の下町では、騒々しい暮らしの中で、仲間同士、固く戒め合っていた。

いつの間にか齢を重ねて、私の大切な友だちも何人か消えていってしまった。この頃は、暑さ寒さに弱く、逢いたいと思う人たちとの往来も杜絶《とだ》え勝ちになる。老いは侘しい。

いま、私の大切な話し相手は、朝夕変わりばえもしない顔をつき合わせている相棒である。いつでも取りとめもないおしゃべりができるのは何よりしあわせ。ただ——どんなときにも、相手が呼吸《いき》ができないほど、寄り添いすぎないように……お互いに多少のゆとりを持つことが、茶のみ友達のエチケット、と心得ている。

恥について

「ええと、最後にもうひとつ……最近の社会で、いちばんいやなことをあげて下さい」

新聞のインタビューである。相手は政治部の若い記者さん。

「そうねえ……恥ずかしいという気持をなくした人が多いことかしら」

「え？　女の子のことですか？」

「いいえ、男も女も——偉い人たちも」

「あ——なるほど」

明治女の想いがわかったのか、ニヤッと笑ってくれた。ほんとにこの頃は、恥知らずが多すぎる。

昔、私の育った下町ではお金や権力はなくてもいい、恥知らずなことさえしなければ、それで結構——そう言われていた。

私が小学生の頃、うちの台所の揚げ板を張り替えに来てくれた大工の親方が、二日酔の顔で二時間も遅れて来た弟子をビックリするほど大きな声で怒鳴りつけたことがあった。

「なに？　女房が起さなかったから遅れた、とは何て言い草だ。ゆうべつい飲み過ぎて起きられなかったって言うんなら、俺もおぼえがあるから仕方がねえ。それを何だ、女房のせいにするとは——自分の始末も自分でつけられねえのか。ちっとは恥を知れ。そんなこったから、ろくな仕事もできねえんだ。てめえなんか豆腐の角に頭ぶっつけて死んじまえ」

下町では、何でもほかの人のせいにするようなだらしのない人、ずるい人をよくそう言ってののしったものだった。お豆腐で死ねる訳はないのに——そう思いながら茶の間で首をすくめていた私にとって……親方の言い分は、なんとなく胸がすいた。

　そんな土地柄だから、私たち小娘も恥を知っていた。われながら恥ずかしいことをしてしまったときは、「いやねえ、私ったら……きまりがみっとも恥ずかしい」小さい声でそう言って照れたものである。

「きまりが悪い、みっともない、恥ずかしい」その想いが重なったとき、そんなことを言って、ひとにも自分にもあやまった。

「恥ずかしいって言ったって、昔と今じゃ中味が違うからねえ」

　三十年ほど前、八十四歳で亡くなった私の母は戦後のこの国のめまぐるしい変りように、ときどき溜息をついていた。

「この頃は、お金がたくさんあって、旦那が有名で、子どもが上等な学校へ通ってなけりゃ恥ずかしいって言うらしいね。でも皆そうなるってのは無理だよ。人間にはそれぞれ皆、持って生れた福分《ふくぶん》──運があるんだからね。それがわかっているのに、つい欲につられて、人をだましたり、突きとばしたりしてしまう。恥ずかしいっていうのは、そういうことじゃないのかねえ。私はむずかしいことはわからないけど……」

母は一度も学校へ行かなかったが、人間にとって何が大切か――よく知っていた。私が治安維持法に触れて引っぱられても、世間に対して肩身が狭い、などとは言わず、逆に「お前のしたことは決して恥ずかしいことじゃないよ」と失意の娘を励ましてくれた。

「あすこの家はかなり金をためた」「あの人はたいそう出世をした」などという出入りの人のおしゃべりをさんざん聞いたあと、母は静かに言ったものだった。

「そう――それがどうしたの?」

とたんに相手はキョトンとして、やがて笑い出した。考えてみれば、どうもしないことばかりだったから……。

人間というものは、どんなに偉い人でも、決して間違いを犯さない、とは言い切れないと思う。優しいくせに意地悪で、けちで気前がよくて、強いけど弱い……そんな矛盾が、恥ずかしながら、心の中に同居しているのだから……。

私も齢を重ねるに従い、自分を含めていろんな人のいろんな気持が見えてきた。

夜、ひとり床にはいって手足をのばしたとき、フッと、あ、今日は我ながら、いやなことを言ってしまった、あの言葉、消しゴムで消してしまいたい……もう二度と言いません——などと汗をかき、身を縮める。その恥ずかしさが自分の甘えやおごりを少しでも押えてくれるはずなのに……それがなかなかうまくゆかないから、人間は始末が悪い。

「まことに——私の不徳のいたすところ」

そういう言葉もこの頃よく聞く。不徳とは徳のないこと——つまり、大へん反省しているはずなのに、その人の恥ずかしさがいっこうにこちらに伝わらないのはなぜかしら。まさか（このくらい謙遜しておけば、あの失敗は帳消しになる）と思っているのでは？

そう言えば、かなりな事件が起きたのに、「あれはごく単純な初歩的ミスです」というのもおかしい。どんなことにも基本が大切——ということを偉い人が知らないはずはないのに。

さて、この原稿をなんとかまとめて、ヤレヤレと寝床へはいってから……ドキンとした。

（いい気になって書いたけど――こんなこと、本当はみんな老女の僻言《ひがごと》かも知れない……何だか、ちょっぴり、お恥ずかしい）

ご挨拶

以前、あるテレビドラマの顔寄せ（俳優や裏方が初めて集まる日）に、私が稽古場へついたのは、予定の時間よりだいぶん早かった——年寄りは、何かにつけて気が短かい。

誰もいないと思って勢いよくあけたドアの向うに、可愛いお嬢さんがひとり、ポツンと立っていて——びっくりした。十五、六だろうか……ほっそりした肩にひどく力がはいっているのは、緊張しているせいだろう。私をチラッと見て、すぐ眼を伏せてしまった。

どうやら、テレビ初出演のニューフェイスらしいが、いきなり顔を合せる羽目になった先輩の老女優に、なんと言ったらいいのか……とまどって、きれいな頬をポーッと紅く染めている様子が、なんだかいじらしかった。

「すこし早すぎたのね、私たち——ま、腰かけて待ちましょう」

無雑作な私の言い方に、ホッとしたのだろう……ソーッと隅の椅子にかける彼女の顔はやわらいでいた。

(よかった……)私も安心して、自分の台本をひろげ——それっきり、彼女に話しかけないようにした。若い人との初対面には、年寄りは気をつかう。

あれはいつのことだったかしら……その日もドラマの顔寄せで、私の向いの席に、当時、売り出しの美少女が坐っていた。そのドラマの主役——私の孫の役とわかっていたけれど、いっしょに出るのは初めてだった。本読みの開始を待つ間、二、三度眼が合ったので、つい、

「私、沢村です、よろしくね」

小さい声で言ったのは、祖母から孫へのホンの挨拶のつもりだったけれど——彼女の会釈はなんとなくぎごちなかった。

あとでプロデューサーが笑いながら言った。

「彼女、困っていましたよ、あんな大先輩から、先に挨拶されたんじゃ、こっちはどうしたらいいかわからないって……」

ヤレヤレ——祖母と孫が打ちとけるまで、それから二、三日かかった。挨拶というのは、なかなかむずかしい。

そうは言っても、人間の暮らしの中には、それはやっぱり必要なのではないだろうか。挨拶がないと、お互いの気持がどうにも通じにくい。私の生れた下町の人たちは、

「挨拶は油みたいなものさ。油がきれると、人間同士、へんにきしんでギクシャクして、うまく暮らせなくなっちゃうよ」

みんな、そう信じていた。だから、自分の子どもが数学で零点をとってきても、たいして叱りもしないくせに、お向うのおばあさんに「お早う」のご挨拶を忘れたりすると、大声で怒鳴ったものだった。

「ごあいさつひとつできないようじゃ、ろくな大人になれないよ」

もの心つかないうちから、そんな躾《しつけ》をされたせいか——年頃になっても照

れもしないで、他人《ひと》さまの前で一応の口がきけたのはしあわせだった。ご挨拶というものが、社会人にとってどんなに大切か、わかっていても、慣れないと、つい照れ臭くて口に出ない。

この間、雑誌のコラムに——エリートの新入社員が、課長に連れられて社長室へご挨拶に行ったものの、言葉が喉につかえて何にも言えない。社長に「君は○○大学だね」ときかれて、思わず「ピン、ポーン」と答えた、という——嘘のような本当の話が載っていた。

十年ほど前からわが家の手伝いに通ってくる娘さんの朝の挨拶は、とてもすがすがしい。初対面のとき——家事はゆっくり覚えてくれればいいけれど、とりあえず、朝の挨拶だけはお互いにキチンとしましょう——そう約束した。

所詮は庶民の家庭のこと……三つ指ついての丁寧語はいらないけれど、いつでも、どこでも、顔があったとき、姿をみかけたときにすぐ「お早う」と大きい声をかけ合えば、また新しい日が始まるような気がして、自然に元気が出ますからね……その話合いがすっかり身について、彼女の「お早う」

「おやすみ」の声の気持のいいこと……。
ご挨拶はたしかに——潤滑油である。

幸せって?

(幸福って、一体どういうことかしら?)

この間、あるテレビドラマを見ながら、また、改めて考えてしまった。

世間から見れば、幸福そのもののような家庭が、ある日突然バラバラとこわれてゆくところから、このドラマは始まっていた。

温厚な大学助教授と家庭的な妻が離婚することになり、高校三年の娘は父親といっしょにアパートへ移り、高校一年の息子は母親と暮らすようになって……それぞれにいろんな現実を思い知ってゆく話である。

二十年近い夫婦生活——夏は一家で山へのぼり、冬は娘のピアノにあわせて合唱するような暮らしは、妻にとっても結構幸福な気がしていた。その家庭を、なぜこわしてしまったのか……別れて四カ月ほどたったある日、母親が久しぶりで逢った娘にしみじみと話すシーンがあった。

「人って……いっしょに住んで同じものを食べたりしていると、つい、同じ人生を歩いているって気でいるのよね」

ところが現実は――夫は大学と研究でがっちり自分の世界をつくり、妻のはいりこむ余地はない。それでも、夫の学会の発表が評判よかったり、子どもの学校の成績がよければ、自分もうれしいと思うけれど――それは結局、家族のために喜んであげているだけで、いかにも寂しい。

もういちど、独りになって、ハッキリ自分だけの世界を持つことで、ほんとうの幸福をつかみたかった……と、フトした夫の浮気をきっかけに、吹き出した妻の不満は、エンエンと続く。

なるほど――そういう考え方の奥さんもあるのかしら。もしかしたら、それこそ女性の自立である、と思う人もいるかも知れない。しかし、そういう人たちがひとりで幸福をつかむのは、なかなかむずかしいだろう、と画面を見ながらなんとなく心が痛んだ。

人間はひとりでは生きられない。誰かといっしょに住めば、お互いに縛り合ったり、ときには傷つけ合うこともあるかも知れない。そう思いながらも結婚するのは、そこにこそ、幸福がありそうな気がするからで——もし、失敗すれば、もういちどやり直して、また別の幸福を……などと悩んだりする。

幸福とは、所詮、自分が感じるものだと思う。傍目にはどう見えても、自分自身が喜びを感じなければ、幸福とは言えない。そしてそれは、他の人からもらうものではない。

昔は、求婚する男性のほとんどが、

「僕はかならず、貴女を幸福にする」

と繰り返し、女性の多くは、

「あの人はきっと私を幸福にしてくれる」

と信じていた。

近頃の若い男性は何と言うのかしら。世知辛い現代では、そんな誓いを口にすることはすくないのではないだろうか。社会はめまぐるしく変ってゆく。もしかしたら、どんなに努力しても、自分ひとりの力では妻の幸福を支え切れないかも知れない。

女性の方も、夫がしあわせだと感じるように、気を配らないと——二人でしあわせになるのは、むずかしいような気がする。

それにしても、幸福の感じ方は人によってそれぞれに違うからおもしろいし、むずかしい。

社会的な地位さえあがれば得意の人、住んでいる土地に高値をつけられてはしゃぐ人、思いがけないお金がはいって喜ぶ人——いろいろである。

確かに、それも一つの幸福の要素かも知れない。けれど、そういう物質的な豊かさだけのしあわせは——いかにもうつろいやすく、すぐまた消えてしまうのでは……。

結局、幸福とは何なのか、私にはやっぱりわからない。だから——毎日の小さい喜びを一つずつ集めることにしあわせを感じている。

例えば……暖かくなって鉢植のすみれの花が咲いたとか、てんぷらが上手に揚がって夫にほめられた、とか、暇ができて好きな本をゆっくり読めた……などなど。おかしいけれど——それが、私のしあわせである。

男のお化粧

この間、新聞の漫画を見て、吹き出した。

食堂に坐った四人のサラリーマン。そのうちの三人は、渡されたタオルで気持よさそうに顔を拭くが、一人だけソッポを向いている。ふしぎそうな友人たちに彼はすまして、

「……化粧がくずれるから……」

なるほど――彼だけは、特別二枚目に描かれている。

そう言えば、最近の男性化粧品の売れゆきはすさまじいそうである。女の子よりも気前のいい男の子のために、化粧品会社はつぎつぎと新製品をおくり出している。どのファンデーション、どの口紅、アイシャドウが自分にふ

さわしいか——その研究に忙しい青年たちは、本を読むひまもないらしい。

「そうなのよ、うちの孫も、やっと就職口が決まったと思ったら、毎日、美容院へ通っているんだからね。男の子のくせして、みっともないったらありゃしない」

久しぶりで逢った私の同級生が、しきりに嘆いていた。

「ま、いちがいにそうも言えないわ、男だって、こぎれいな方がいいわよ、フケだらけの長髪や無精ヒゲより、よっぽどましよ」

そう言ってなぐさめたものの、こちらも同じ明治女——男の子がポケットに頬紅をしのばせてデイトに行く、という話には、さすがにちょっと抵抗があった。若い男のおしゃれが、どうしてこんなにはやり出したのだろうか。

化粧品会社のアイデアが当った、というだけかしら?

一流商社のある新入社員は、狭い独身寮に小さい三面鏡を買いこみ、毎朝、出勤前のメイキャップを欠かさないという。

どうりで——眉のかたちが、この頃、人気の高い二枚目スターによく似ている、と言ったら、うれしそうに胸を張った。

「なにしろ、現在の社会はどんどん変化しますからね。その複雑な仕組みの中で生き残るためには、どんな相手にも好感をもたれる必要があります。男の化粧は、いまや男の武器の一つなんです」

たしかに——それも一つの理屈かも知れない。生き残るという言葉は流行語の一つである。

けれど——ほんとにそれだけだろうか？

ふと、テレビのウォッチングなどで、交尾期の動物や鳥のオスが、メスの気をひくために美しい毛皮や翅《はね》をしきりに誇示するシーンを思い出した。

（女の子にもてたい）男の子が化粧をするとき、心の底にあるのはその願いではないかしら。

熱心なボランティア活動をつづけている女子大生のF子さんは、化粧をしている男の子をみると胸が悪くなるという。

「だって、ほんとうの人間の価値は内面にあるんでしょ？　好感をもたれる

ために は、誠心誠意、仕事に取り組めばいいと思います。男のくせに香水の匂いなんかさせて——不潔です。私は女の子だけれど、朝晩、石鹸で顔を洗うだけです——お化粧で自分の価値を実質以上に見せようなんて卑怯《ひきょう》です——でも……でも……私、あのう……」

急に声が小さくなって、清潔そうな顔が、ゆがんだ……。

「……この頃、私、何だか寂しいんです。男の子ったら、私を仲間として扱うだけで、年ごろの女の子として見ようとしない……私だって、もうそろそろ恋人が欲しいのに……。やっぱりお化粧が必要かしら、女の子は」

「そうね——私もそう思いますよF子さん。女の子は……いいえ、男の子だって、異性にアッピールするためには、多少のお化粧で自分を引き立たせる方がいいわ。ただし、おしゃれはほどほどに限ります。相手に対するエチケットぐらいのつもりでね」

生き残り戦法に夢中だった若いセールスマンが、会社の大切なお得意さんにボイコットされたのは男性化粧品をつけすぎたせいだという。なんとも、うら悲しい話だった。

女性のたのもしさ

「トライアスロン」という競技をあなたはご存じかしら?

水泳、自転車、マラソンを組み合せた、このむずかしい競技を、私はテレビのドキュメンタリー番組「長い道」で初めて見た。これは、昨年十月ハワイで催された大会の記録である。

三・九キロの海を泳ぎきるとすぐ自転車に飛び乗って一三六キロ、つづいてマラソン四二・一九五キロという劇《はげ》しい競技なのに、参加者千人あまりのうち、一割近くが女性だったという。私は見終ってしばらく呆然としていた。延々とつづくその道を見事に完走した若い女性、有賀夫美さんのやさしい微笑がいつまでも眼に残って消えなかったからである。

彼女は三十歳になったばかりの小柄な人――みるからにスポーツマンらしい選手たちのずっとうしろの方で、一生懸命ペダルを踏む細い脚、とっぷり日が暮れて人影もほとんどない道をヒタヒタと走りつづける小さい姿……そこには、勝負への気負いも記録への執念も感じられない。ただ、（なんとか、最後まで走りたい……耐えてゆきたい）そのためのひたむきな自分との戦いが、見るものの胸にもハッキリ伝わってきた。（これからしっかり生きてゆくために……）多分、そう思っているのだろう。

急がず、あせらず、マイペースで走りつづける有賀さんの口許にやわらかい微笑が浮んできたのはゴールも近くなった頃だった。

完走を祝福してくれる人波の中に、両手をあげて飛びこんだ彼女の顔の明るかったこと……苦しい道をとうとう耐えぬいたのだった。

（やった、ついにアイアンマンになった。まるで花道をかけるスターのような気分）

有賀さんはあとで、そう話している。

老人ホームにつとめる彼女が、寝たきりの患者さんにのぞまれたお土産は「ハワイの夕陽」だったという。椰子《やし》の木蔭をゆっくり沈んでゆく太陽——その海岸を走ることのできた幸せをそっくり持って帰ってあげなければ……やさしい女性がシャンと背をのばして、自分の道を歩く強さが、そこにあった。

最近は女性の時代と言われている。たしかに、いろんな方面に女の人の姿が目立つ。そして、その人たちはそれぞれに、目を見はるほど、しっかりしている。(これは一体どういうことかしら?) 明治生れの老女はときどき、フッと考えてしまう。

遠い昔から、ついこの間まで——ほとんどの女性はいつも黙って男性のかげにひかえていた。自分の思うことを口にすれば「生意気な女」と言われ、「女のくせに」という言葉を一日に何度もきかされたものだった。

しかし——あんまり永く続きすぎた男性社会は互いの劇しい争いのためにだんだんゆがめられ、生き残るためには平気で他人を傷つけるようになってきた。「よいことは自分のせい、わるいことは他人のせい」と、已れを甘やかすその浅ましさを、女の人たちはじっと見ていた。

そして、やがて（自分とのたたかいこそ何より大切）と思い知り、一生懸命、耐える力を養って、しだいに強くなってきたのではないだろうか。

社会党の委員長土井たか子さんが、党員諸氏のたっての推薦に、とうとう「やるっきゃない」の一言で答えたのも、その強さによるものと思う。（たのもしい女性たちがもっともっとふえますように……）

ただ——女の人がどんなにたくましくなったとしても……男性の支えなしには、「みんなが幸せになる社会」はつくれないことを——私は忘れないようにしたい。

今年の大阪国際女子マラソンで、宮原美佐子さんが堂々三位に入賞した。小柄な彼女が、小雪まじりの強い風の中を走り抜くことができたのは、コーチ役、宗茂さんの思いがけない伴走に励まされたからかも知れない。

「うれしくて、心の中で、シゲルさんと叫びながら走りました」

彼女の言葉はホンノリと暖かかった。

年始めの会話

「あけましておめでとうございます。今年もどうぞよろしく」

「ま、おめでとう、こちらもよろしく、おたがいさま」

いつもより念入りに髪を結い、すこし派手めの小紋を着た私は、さつま絣《がすり》の和服姿の夫の前で正座、朱塗りの盃についだお屠蘇《とそ》がわりの白ぶどう酒で乾盃——これが、四十年来わが家の元旦の儀式である。

「今年も無事にお正月を迎えられてうれしいけど……また一つ齢をとったかと思うと、ちょっとねえ」

「気にすることはないよ」

「気にするわけじゃないけれど……この頃は、誰彼なしにおばあちゃん、おばあちゃんって呼ばれるでしょ。あれ、当の本人はあんまりうれしくないのよね」

去年の敬老の日のあと、朝日新聞のコラム「街」に、四十五歳のお嫁さんから見た、七十七歳のお姑さんの心境が載っていた。

近くの病院で、胃腸の手術をうけたこのお姑さんはしきりに家へ帰りたがった。完全看護で身内が付き添っていられないから……。ところが、何日かたつと、見舞に行ったお嫁さんに、うれしそうにささやいた。

「看護婦さんがいつも、小島さんと呼んでくれてね。名前を呼ばれると、自分のことを心配してくれているんだなって思えて、気持がシャンとするの」

六人の孫、ご近所の人、かかりつけのお医者さん——まわり中から、おばあちゃんとだけしか呼ばれなかったお姑さんは、よほどうれしかったのだろう。退院してからもいそいそと病院へ通い……外来でも、チャンと名前を呼んでくれるよ、と機嫌のいい子どものように笑顔でお嫁さんに報告する、という。

　近頃、世間では何もかもヤング志向――二十五をすぎると、オジンとかオバンとか呼ばれるらしい。まして、六十の声をきけば、おばあちゃんはごく当り前かも知れない。それにしても、なんの気配りもなく、ありきたりの言葉で片づけるのはどういうものかしら。行く先ざきで老いのラベルを貼られるようで――とりわけ女にとっては、辛く侘しい気がする。

　十五、六年も前――テレビの連続ドラマで、私が初めて祖母役をやったときのこと。息子や嫁、孫役の俳優からスタッフまで、いつの間にか、楽屋裏でも、私をおばあちゃんと呼ぶようになり、こちらも、つい、それに馴れてしまった。ところが、あるパーティーの席上で、一足先に会場に来ていた嫁役のスターから、

「あ、おばあちゃん、こっちへいらっしゃい、おばあちゃん、こっち、こっち……」

　と、遠くから大声で呼ばれたときの、思いがけないとまどいと恥しさに……フッと聞こえない振りをして人かげに身をひそめ――そんな私がわれな

がらおかしくて苦笑した。

翌日のスタジオでは、また、おばあちゃんと呼ばれ、それにはすんなり、うけ答えをしていたくせに……。どうやらその頃、素顔の私には、どうしてもそう呼ばれたくない齢に対するこだわりがあったらしい。

「年寄りに快い呼び名はないかしら？」

「ボケ老人をモウロクにしては、という案もあるけれど……これもありがたくないね」

結局、老人に対しては、それぞれの名前で呼ぶこと。もし、名を知らなければ、一応、「奥さん」とか「ご主人」とでも言ったら無難だろう。すくなくとも、いやな気持はしないだろうから。

「孫にとっては祖母はおばあちゃんに違いないけれど、息子夫婦にとっては母親ですものね。いくつになっても、お母さんって呼んでくれるお嫁さんは、きっと、お姑さんからも好かれるでしょうね」

「舅《しゅうと》もお父さんの方が情愛があっていいな」

穏やかな元旦の、老夫婦のおしゃべりは、いつまでも、とりとめがなかった。

極楽のあまり風

やっと、梅雨があけた。カラリと晴れあがった青空がキラキラと光り、どこまでも広い海に白い帆を高く張ったヨットが五艘《そう》、六艘——かれこれ二十艘あまり、スイスイといかにも楽しそうに走っている。近くで泳ぐ人たちの、色とりどりの水着の美しいこと——夏は、なんと言っても若い人の季節である。

私も小娘の頃は夏が好きだった。ジトジトとうっとうしい梅雨空を見上げては……早く夏になりますように、と祈ったものだった。

そうは言っても七十年も昔の下町、浅草のこと。その頃、噂にきく海水浴とは、どんな遊びなのか、見たこともなかった。隅田川で嬉しそうに泳いでいるのは男の子だけ。女の子は、猫の額ほどの庭に盥《たらい》をもち出し、ぬるま湯を張っての行水《ぎょうずい》――サッと汗を流して、母の縫ってくれた浴衣に着替えてから、家の前の夕涼みの仲間入り……それが何より楽しみだった。

きれいに掃いた狭い路地に、それぞれの家の縁台がズラリと並んでいる。お向うのおじさんとお隣りのおばさんは、うちわ片手の世間話。

「今年はどうも、とびっきり暑いね」

「ほんとにねえ。でも夏はやっぱり暑い方がよござんすよ。お米の出来もその方がいいし、すいかだって甘くなりますからねえ」

「そりゃ、まあ、そうだ、寒い夏なんて言うのはいただけないからなあ」

その横では、おしゃべりの八《はっ》つぁんとむっつりの熊さんの縁台将棋。

「オットット、チョイ待ち……その銀、ちょっと引っこめてくれよ、な、いいだろ」

「……だめ」

「フン、ケチ……アーア、また負けか、ま、いいや、もう一番。今度は俺が勝つにきまっているからな、オイ、早く並べろよ、まったくモタモタしてるんだから……」

この調子だから何番やってもきりがない。

路地のはずれ近くでは、太郎ちゃん、次郎ちゃんたちが、おでこや首すじに白い汗知らずの粉をつけたまま、

「オーイ、そこどけ、あぶないぞ、どけったら……怪我したって知らねえぞ」

などと、シュルシュルまわるねずみ花火やパーッと五色の火を吹き出す電気花火をかこんで、大さわぎ。

その傍で、こざっぱりした浴衣に赤い帯をしめたお花ちゃんや、お絹ちゃんたちが、てんでに、パチパチと音をたてて花を咲かせる線香花火を持って、

「ホーラ、この菊、きれいでしょ」

「アラ、この柳もいいわよ、見て見て」

どっちの火玉が先に地面に落ちるか、などと競いあってはキャッキャッと

笑っていた。

ときどき——びっくりするほど涼しい風が、サーッと路地を吹き抜けると、皆、急に黙って、いっせいに夜空を見上げる。そのひとときの気持よさ——誰も彼もホッとする。

あっという間に、その涼風が行ってしまったあと……筋向うのおばあさんが——

「アーアー、いい風だった。極楽のあまり風って言うけど、ほんとだね。ありがたいよまったく……ただね、ぜいたく言えば、もっとたっぷりあまらしてもらいたいねえ」

そう言って大きな溜息をついたので、みんな大笑い。路地はまた、ワイワイ、ガヤガヤと賑やかになる。

そんな下町の夕涼み風景が楽しくて、私は夏が好きだった。扇風機も珍しい頃——まして、クーラーなど想像する人もいなかった。

（夏は嫌い、夏が来なければいいのに……）

そう思うようになったのは、女優になってからである。

仕事の上で——真夏、強いライトを浴びながら、袷《あわせ》や綿入れを着るのは、覚悟していたせいか、辛いとは思わなかったけれど……どうにも困ったのは、汗だった。

私は生まれついての汗っかき。子どもの頃からあせもがたいへんだったと、母がよく言っていた。それも、顔と両方の脇の下の汗がひどかったのだから、夏の映画、テレビはほんとに苦手だった。衣裳は、休憩ごとに下着を替えたが、顔を取りかえるわけにはゆかない。

本番で熱演すればするほど、吹き出る汗は——かくしようもなかった——その日は、朝から水分をとらないようにしていたのに……。美粧係がキャメラの隙をねらっては駆けよって、固くしぼった冷たいガーゼで、そっと私の顔をたたいて、ごまかしてくれたものだった。

「つまり、私は冬の女ということね」

そんな冗談にまぎらして、真夏の仕事はなんとか請《う》けないようにしていたのに——六月の舞台の初日に、とんだ失敗をした。

あのときの私の役は、伝法肌な芸妓屋の女将だった。粋な着物に袢纏《はんてん》姿で長火鉢の前にシャンと座り、抱えの芸妓相手に威勢のいい台詞をさんざんしゃべったところへ、主役の女優さん登場——満員のお客さまの拍手に迎えられて、私の前へピタリと座り、

「お母さん、私……」

そう言いかけて——あとの台詞が出てこない。きれいな首すじがこきざみにふるえているのは、笑いをこらえている証拠……。

こっちはとまどったが、彼女の目線でハッと気がついた。ツンとすました私の鼻のあたまから、火鉢の中へ、ポタリポタリと大粒の汗がしたたり落ちていたのだから——おかしいのも無理はない。

さすがに、場馴れをしている彼女のこと、すぐ気をかえて芝居をつづけ……私も何気なく、長襦袢の袖口で汗を押え——やっと幕になったトタン、

二人で顔見合せて大笑い。彼女には、ほんとに迷惑をかけた。女優をやめてから、やっと、汗の心配がなくなった。

去年の夏、このマンションに越してきて間もない日、クーラーのきいた部屋でのんびりテレビを眺めていた。売り出しの若い女優さんに、司会者が、つぎつぎといろんなことをきいていた。

「貴女はもちろん、天性の女優さんだけれど——生まれつき、女優さんに向かないと言われるのは、どういう人でしょうね」

彼女は優しくほほえみながら、ハッキリ答えた。

「汗をかく人——つまり、汗っかきの人は女優になれません。昔から、そう言われているそうです」

私は、ドキンとした。自分自身、芸能界に向いていないとは思っていたけれど——汗についての話は、きいていなかった。結局私は、はじめから出来ない筈の仕事を、六十年もつづけていたということになる。

（スタッフのみなさん、ごめんなさい、迷惑をかけて……ことに美粧さん、ほんとに、永い間、お手数をかけました）

改めて、あやまりたい気持だった。

この間、家人にうながされて、夜のテラスへ涼みに出た。

「クーラーも結構だけれど、冷えすぎると身体によくないよ、年寄りは、ことにね」

たしかに、そうだと思う。気のせいか、外の空気は甘くておいしい。

見上げる空に星がキラキラ――暗い海から、しきりに、涼しい風が吹いてくる。

「ここは、極楽に近いのかしらねえ」

「え？　どうして？」

「だって、極楽のあまり風が、こんなにたっぷり、吹いてくるんですもの……」

フッと浅草の、あの夕涼みを思い出した——なつかしい。

高価な古物

知人の息子、高校生のB君が、母親からことづかったものを届けに来た。はにかみやでほんとにおとなしい子だったが、しばらく逢わないうちにすっかり陽気な青年になって、コーヒーをのみながら、しきりに両親を批判しはじめた。

「とにかく、うるさいんですよ、なんのかのって……僕の方はとっくに親ばなれしてるのに、向うはちっとも子離れしようとしないんだから——おばさんからも、すこし言って下さいよ」

大切なひとりっ子だから目がはなせないのだろう、となだめると、

「その気持は一応わかるけど、とにかく、言うことがふるいんですよ。親爺

は会社人間だから、いまどきの若いものは――ばっかり言うし、おふくろときたら、行儀が悪い、言葉がきたない、なんて……とにかく、ふるいんですよ。ふるくて、ふるくて――いまは、もう、ふるいものはすべてだめってことがわからないんだから、まいっちゃう。困るなあ、ほんとに、ふるい人間は……」

あんまり、ふるい、ふるいと言うので、老女としては黙ってきいてもいられず、つい、ふるいものはなんでも駄目なら、骨董屋さんは成り立たない筈――ふるくても上等なものは、ただ新しいだけのものよりずっと値打ちがあることを知らないの？　そういう品物も人間も世の中には沢山あるのに……とからかうと、

「エ？　あーそうか……そうかも知れないな、ふるくて上等なものは、すっごく高いからね、アメリカのうんと古いジーパンなんて、僕ら、とっても買えないくらい高いもんね……うちの親爺も、おふくろも、もうすこし上等なふるものになってくれれば、たまには家族してやってもいいんだけどなあ」

どうやら、いっしょに食事をしてやってもいい、ということらしい。コーヒーのおかわりをしたB君が機嫌よく帰ったあと――私は、しばらく考えてしまった。

ふるくて上等なものがたくさんあるように――年をとっても立派な人間は大ぜいいる……などと、ちょっと、若い人をたしなめたつもりだったけれど――ほんとうは、そういう人はめったにいないのではないだろうか。心も姿も美しく老いるということがどんなにむずかしいか――毎日の自分の経験で、痛いほどわかっている。

ふるくなる――老いてゆく、ということはすべての人が初めて経験すること。ある日、フッと鏡に写った自分の顔にギョッとする。白い髪、深い皺、色褪せた唇――これが私？　まさか……あわてて老眼鏡をかけて、つくづく眺めて――もういちど、がっかりする。この間まで、こんなではなかったのに……と溜息がでる。

（若いときは、これでも、きれいだってみんな言ってくれたのに……昔の人はやさしかった……昔はよかった、昔は、昔は……）

容色のおとろえは年齢のせいと心の中でわかっていてもあきらめきれず、つい、なにもかも昔の方がよかった、と自分で自分を慰めようとするのだから……人間というのは、かなり勝手なものである。

年寄りにとって、昔の方がよかった、と言えることもいくつかある。長生きはおめでたい、とまわり中で祝ってくれた——あれは、そこまで生きる人がすくなかったからだし、家の中で大切にしてくれたのは、家族が皆寄りあって暮らしていたおかげだった。いまは、自分の両親、連れ合いの両親——高齢者が多すぎるのに、核家族では、世話する人手も場所もない。いきおい、老人は侘しい思いをすることになる。

しかし——いまは、多種多様の、科学、医療、食物などのおかげで、世界一の長寿国と言われるほど、たっぷり生きて——地球の寿命を心配しながらも、世の移り変わり、人間の本質など、静かに眺めていられるのは、結構なことではないだろうか。日ごとに老いてゆきながらも、若いときは気のつかなかった社会の仕組み、人の心の裏表、ときには自分の心の底にかくされていた本心まで――ハッキリわかってくるというのは、なかなか楽しい。

そんな毎日の暮らしの中で、気をつけなければならないのは――齢に甘えないことだと思う。さんざん、苦労を重ねてやっと今日まで生きてきた自分を、若い人が尊敬するのは当然のこと……などと思いこみ、はては、いいことは自分のせい、悪いことは他人のせい、などとご機嫌になっていると、いつか、まわりのことは何ひとつ見えなくなり、あげくの果ては、若い人たちから疎外され、ただ、ふるいだけの安物になってしまうのは――悲しい。

「年が寄ると二度おぼこ」という諺がある。老いて童心にかえり、なんとも無邪気に可愛くなるのは嬉しいけれど――ききわけのない子どものわがままさに年寄りの頑固さが重なったら――まわりの人も手がつけられない。私自身、身体が思うように動かないいらだたしさからフッとそんな自分を見て、ドキッとすることがある。

朝、起きようとすると、腰が痛い、膝がまがらない。ヨロヨロと足許がきまらず、敷居や畳の縁につまずきそうになる。風呂場で転んで骨折して、寝たきりになる人もいる。

(年寄りの身体というのは、どうして、こう世話がやけるのかしら)

などと、自分をもてあますけれど、よく考えてみれば当り前かも知れない。

人間の細胞は、二十歳すぎると、一日に十万個ずつ減ってゆくらしい。そうすると、私の場合——十万個の三百六十五倍にかける六十五——つまり、こうして無事に暮らしていられるのは、とくべつ運のいいこと、奇跡的なこと……ということになる。

「あなたの健康法を教えて下さい」

そう言われることがよくある。この齢まで、大病をしたことがなく、毎日、それなりに暮らしているせいらしい。

健康とは、身体がすこやかで、悪いところがないこと——と辞書にかかれている。かなりの低血圧だし、心臓が弱く、めまい、耳鳴りが烈しい私は——健康とは、とても言えない。ただ——自分の身体が、どの程度動かせるか——よく考えて、その日、その日をなんとか、もたせているだけのこと。悪いところをみんな治したい、などとは決して思わない——いまさら、治るはずがないのだから。今日一日をぶじに暮らせれば、それで結構、文句は言わない。あんまり、心配しすぎると、健康病になりそうな気がする。

　気をつけているのは、日増しに鈍くなる血のめぐりを、なんとか、よくすること。どうやら、規則正しい暮らしをつづけると、身体がその気になるらしいから——夜は十時三十分就寝（視たいと思うテレビ番組はたいてい十時以後なのは残念だけれど）朝は七時三十分起床（明け方目がさめても、それまでは身体をやすめることにして）その習慣をなるべくくずさないようにしている。しあわせなことに私も家人も寝つきがいい——なにごともあきらめるのが早く、クヨクヨしないせいだろうか。お風呂へはいった時は、固いブラシで身体のすみずみまでよくこすり、あがりしなには、冬でも冷たい水で身体を拭くせいか、皮膚の弱いわりに風邪をひかない。それより大切なのは、季節やその日のお天気工合で、いま食べたいものをゆっくりと気楽に食べること。ガタガタの入れ歯でも、なんとか美味しく味わえるように細かく刻んだり、うすくそいだりして工夫する。

——なんと言っても老夫婦の食事で、こぼしても落としても、すましている。

「そこが、家庭のいいところさ」とお互いに知らん顔。

私が家人に対して気を使うのは——白髪の乱れ髪と着るものの汚れだけ。多少の身仕舞《みじまい》は、一日中顔つきあわす人びとのエチケット。こぎれい、こざっぱりだけで結構。ダイヤの指輪は節くれだった指に似合わないし、金のイヤリングをつけるはずの耳には、補聴器がデンと陣取っている。

八十すぎて急に耳が遠くなった。精巧な機械だけに調節がむずかしく、電話の長話はちょっと困ることもあるけれど、ききたくない話は、「ごめんなさい、耳が……」ですむのはなかなか便利。頭の体操でニュースはかかさず聞くけれど、他人《ひと》さまの家のもめごとのお知らせでうんざりしたときは、ちょっと補聴器のつまみをまわしてそっぽを向いている。

それにしても、この頃のニュースの凄まじいこと――まさかと思うような、あの人、この人がそろってお金にころぶあさましさ――いったいどういうことになったのかしら。歌舞伎の端敵役《はがたき》の台詞に「死んでも褒美の金が欲しい」というのがあったのを、しきりに思い出す。

「世紀末的現象ということかしら」

なんにしても、こういう世の中で、上等なふるもの、になるのはむずかしい。高校生のB君があこがれているアメリカのジーパンよりは、ほんのちょっとだけ高価なふるものになりたい、と思っているけれど……。

無欲・どん欲

毎朝、床を離れると、とにかく、鏡に向って髪を結う——私の一日はそれから始まる。白髪の乱れ髪は、なんとも侘しい。

私の母も、髪だけは、いつもキチンと結っていた。父や子どもの世話で一日中休むひまもなかったけれど——髪を乱しているのを見たことがなかった。

母は一生、化粧をしなかった。目鼻立ちははっきりしていたのに、なんとなく野暮ったく見えたのは色が黒かったからだった。

二十五歳で父のところへ嫁入った日——生まれて初めての化粧を、当の花婿に、

「色の黒いのが白粉塗ったところは、まるでごぼうの白和《しらあ》えだな」

とからかわれたせいらしい。父は、坊ちゃん育ちの二枚目だった。

「私は色が黒いし、おたふくだから……」

ときどき、小さい声でそう言いながら髪を撫でつけ、手製のヘチマの水をそっと顔に塗っていた。それが母の、せいいっぱいのおしゃれだった。

(それでも、すこしはきれいになりたい)

その願いをもちつづけていたせいか、八十四歳で亡くなるまで、なんとなくこぎれいだった。苦労の皺は多かったけど、頬のあたりはすべすべしていた。晩年、私が、

「母さんの肌、きれいね」

と言うたびに

「せめて、肌ぐらいは……ねえ」

とうれしそうに笑ったものだった。一生、なりふりかまわず働いていたけれど――きれいになりたい願いはいつも、持っていたのだろう。人間は……ことに女の人は、誰しもそう思っているのではないだろうか。

その頃の母と同じ齢になった私は、同じように、毎朝、髪を結い、化粧水をつける——すこし違うのは、そのあと、軽く粉をたたき、うっすり口紅をさすこと——寄り添って暮らす人へのエチケットだから……などと、心の中で言いわけしながら。

鏡台の前の化粧水のとなりに、小さく丸い、七宝焼の容器がある。口紅入れである。前の家から、ここへ引っ越してくるとき、お気に入りの棒紅の残りを、その中へ入れてきた——色褪せた老女の唇をなに気なく取り繕ってくれる色というのは、なかなかむずかしい。その口紅も、やっと探したものだった。今朝も、それをホンのちょっと、つけながら……

(髪がここまで白くなると、口紅はもうすこし明るい方がいいかも知れない。この紅がなくなったら、今度は、もうすこし明るい色を買おうかしら)

そう思って、紅入れを眺めたトタン、気がついて、ひとり、笑ってしまった。

(……この口紅がすっかりなくなるまで、私が生きていると思っているのかしら……）

なんとも、いい気なものである。ここへ来て一年あまり、毎朝かかさず使っているというのに、口紅の量は、ちっとも減っていない。細い筆の先でほんのちょっとつけるだけだから、当り前と言えば当り前だけれど——この調子では、私がいなくなったあと、残った口紅は容器ごと、燃えないゴミの仲間入りをすることになるだろう……可哀そうに。

そう言えば、鏡台の引き出しの、蒔絵の櫛も、さんごのかんざしも、もうめったにさすこともないし、（これだけは……）と選んで持ってきた何枚かの和服も、そっくりそのまま、箪笥の中に眠っている。これから先、もういちど、手をとおすことが、あるかも知れないし……ないかも知れない。

（あれも……これも……）と、昔なじみの身のまわりの品をなんとなく思い出すうちに、

（何千億年か、何万億年か……永遠の宇宙に浮かぶ、この小さい地球に、ほんの一瞬だけ生きる人間——その人間が一生の間に使うものの量というのは、

ほんとうにわずかなもの)

そんな気がして、ものについての執着が、スッと消えゆくようで——深い溜息をついたものだった。

ところが——なんともおかしいことに、その次の瞬間、

(寒くなってきたから、新しいコートをこしらえようかしら——)

(しゃれたマフラーも欲しい)などと、次から次へ考えるのだから人間というのは、なんて欲の深い生きものだろう——と、我ながら、呆れる。

どうやら、たいていの人の心の中には、いろんな欲がギッシリ、互いに押し合いながらつまっているらしい。その中でも、真中にデンと座をかまえて威張っているのは、金欲・権力欲——隅の方に、そっと坐っている小さい欲、(せめて、肌くらいきれいに……)とか(もうすこし、明るい口紅を……)などという、いじらしい欲をぐいぐい押しのけて、ただもう、とめどもなくふくらんでゆき、しまいには自分でも始末がつかなくなるらしい。

バブル経済の風潮につい、引きずられ、踊らされ、次から次へ、あの手こ

の手でお金をかきあつめる金欲のすさまじさは、狂っているとしか思えない。自分も会社も、いやというほど儲けたときの、おごり高ぶった様子――テレビの画面に映る得意絶頂の顔を……しらけた気持で眺めている人は、多いのではないだろうか。

（この人……こうして集めたお金をいったいどうするつもりかしら。なにかの為に使ってこそ、お金の値打ちがあるというのに、この人は生きている間にこのお金をどうやって使うのだろうか……）

などと、余計な心配をしながら。

おかしいのは――その人が、あげくの果につまずいて、何もかもご破算になったときの、ホッとしたような、おだやかな顔。欲につられて、つい背負いすぎた重い荷物を、やっと肩からおろすことができたようで、その、ホッとした表情に、見るものも、思わず――

（まあ、これでよかったわねえ）

と胸をなでおろすような気持になる。

権力欲のこわさは——自分こそ、国のため、社会のために働き、庶民を救っている、と思いこんでいること……あるいは、思っているふりをしていることではないだろうか。実は——庶民の存在など、忘れているのに……。

(命をかけて……)などと言いながら、政治生命をかけて働いてくれた政治家の数は少ない。

「この程度の国民だから、この程度の政治家しか出てこない」

そんなことを言った人もいるらしい。たしかに、庶民は弱く、力がない。だからこそ、つい、テレビドラマの水戸黄門の印籠をたよりにしたくなってくる。

(なんでもいいから、有名になりたい。大ぜいの人に拍手してもらいたい)

若い人たちにそういう欲があるのは無理のないこと。

(一度でいいから輝きたい)という願いは、ささやかで可愛らしいけれど——その欲も、いい気になると、そねみ、ねたみから、烈しい憎悪になって、まわりの人を傷つけることにもなりかねないから気をつけなければ……。

ひとりで生きられない人間が、それぞれに心の中にじっと抱いているのは、愛欲。いつもは、そこにいることすら気がつかないような、もの静かなこの欲は——あるとき、突然、烈しくふくらみ、金欲、権力欲など、ほかのすべての欲を押しのけるだけの強さをもっている。この欲望の底は深い。

愛敬があるのは、食欲というところかしら。さまざまな人間の欲のうち、最後まで残るのはこの欲——とも言われている。そうかも知れない。永く暗い戦争で経験した食物の争いはほんとうにすさまじかったけれど——ただ、この欲には、ほどというものがある。おいしいものでおなかがいっぱいになれば、それで満足。

まわりの人にもわけてあげたいような気持になるところが、ちょっと可愛らしい。

（それにしても——人間の欲というのは、ほんとにきりがない。なんとかしてこの欲をみんななくせたら、どんなに穏やかに暮らせることだろう。そうなれないものかしら）

そんなことを考えながら、居間の窓辺に立って、どんよりと曇った空、暗い海を眺めていると――フッと、心の中から、陽気な声がきこえてくる。

（そんなこと言うけれど、世の中、誰も彼も一切無欲で、いい人ばっかりだったら、つまらないいんじゃありませんか）

そういうのは、意地悪の欲らしい。

（そうよ、そうよ、飽き飽きして、退屈でしようがないわ）

賛成しているのは、変化の大好きな欲。

たしかに、そう言われればそんな気がする。

いろんな欲があるところが、人間の面白さかも知れない。では――その欲たちをほどよくあしらいながら、残りの人生を楽しむことにしよう。毎朝、化粧水をつけ、口紅を塗りながら……。

風が吹いて雲が切れ、海が青く光ってきた。

美しく老いるなんてとんでもない

四十年ぶりの引っ越しは大騒動

年を取って引っ越すなんて考えてもいなかったのに、湘南に引っ越して来てもうすぐ一年半になります。

前のところには四十年も住んでいたの。戦後、下町から渋谷の西原に移ってね。坂の上の古い平屋で、周りも静かで、それが気に入って越したんですよ。

下町に暮らしていた者が山の手に行って、ご近所とのつきあいにもどうにか慣れて。その間、とっても忙しかった。主人が『映画芸術』という雑誌をやってたし、忙しくて大変だったんです。あっと言う間に四十年も経っちゃった。

あるとき主人が「海の見えるようなところへ引っ越したいな」と言ったの。主人も会社をやめたし、私も六十年目で女優をやめた。そうしてみると東京にいなければならないということはないのよね。ただ二人とも都会育ちだから、遠いところへ行くのは億劫だと思ったの。

花が好きなもんだから、藤だとか牡丹だとか、小さい庭に植えて楽しんでいたんだけれど、それでもね、年寄りが顔を見合わせてじっとしていたんじゃ、「海の見えるところへ行きたい」と言うのも無理はないと思ってね。本当は引っ越し大っ嫌いだったんだけれど、でも一晩考えてね。「じゃあ、そうしましょ」って言って。私、わりとそういう点はすぐ決めるほうなの。

それで、ほうぼう探してもらったの。海が見えて、オートバイなんかがうるさいようなところじゃなくて、山もあったほうがいいとかね。贅沢言ったんだけれど、ここをたまたま売る人がいたので、急に越すことにしちゃったの。

ところが、なにしろ四十何年でしょ。しかも明治者でケチですから、新しい物を買っても前のものをぽんぽん捨てるってことはできないの。

昔の大工さんはどこにでも物入れを作ってくれたのね。梯子段の下にも押し入れがあるし、納戸のような中二階をつくったり、あちこちに物入れがあったもので、「これは捨てられない。まあね、災いも三年経てば」なんて言って古いものをみんな押し込んじゃう。

若い人が所帯を持つなら、二、三所帯すぐ持てるほどいろんな物があって、昔の人はそれを持っていってくれたわけ。今の人はだめ。持ってってくれませんよ。品物が良くなくっても新しいもんじゃなきゃいや、形も違うしね。でもね、貰ってくれる人がどこかにいるかもしれない、なんて言っちゃあ、ほうぼうに押し込んでおく。だからまあ、その引っ越しが大変なの。

しかも、主人は決めたらすぐに「越そう、越そう」って言うんですよ。だってね、ぐずぐずしていると先が短いんだから、せっかく海が見えるところへ行っても、あんまり見ないうちに人生がおしまいになっちゃうかもしれないって。六月の初めにそんな話が起きて、七月にここを決めて、すぐ越すって言うんですよ。もう大変でした。

和風の家と違ってマンションは押し入れが少ないから、持ってゆく物が決まってしまう。台所でもね、今までの四分の一くらいしかないわけですよ。お金持ちではなかったから高価な物はないんですけれど、いいと思うものがいつの間にかたまって。

仕方がないから、たとえばお茶碗でも持ってくるものはみんな三つにしたの。お皿も三枚。丼も三客分。どうしてもというものだけは五つのものもありますけれど、ほとんどみんな三つで切ったの。二人で使って、壊したときのためにもう一つで三つ。

着る物も、髪を染めないで白いままにしましたから、白い髪に似合うものを何着か、旦那の洋服も何着って選んで、持ってきました。

ものの始末でノイローゼになりそうでしたが、マネージャーがうまいこと考えてくれて、放送局の美術部の人を連れてきて、これ、全部持っていってくれないかって言ったら、持ってく、持ってくって言って……。

というのは、物が古いでしょ。旦那の古い洋服とか、私の絞りの半衿とか、今は使っていない簪《かんざし》とか。局から五回か六回トラックで来ましたよ。

そしたら、衣裳部とか、結髪部が喜んじゃって、これで安心して大正物ができるって。とっても始末よく、みんな持っていってくれた。こちらも助かったし、芝居で使ってくれるというのも役者としてうれしかったしね。

身繕いで老いをカバーする

マンションっていうのも初めてだし、おつきあいが大変じゃないかって思っていたんだけれど、具合のいいことに常住者がとっても少ないの。老人夫婦ですから、おつきあいもなるべく少なくして。

人と始終つきあうというのはむずかしいですよ。相手にいやな思いをさせたくないと思ってつきあうと自分がくたびれちゃっていやになっちゃう。自分が不愉快だったら、相手も必ず気持ち悪い。おつきあいのエネルギーがなくなったら、お互い気持ちのいい間に別れなくちゃいけない。

でも、夫婦は簡単に別れられないからね。私は陽気でいいかげんなところがあるのね。そして、決めたらぱっぱとやる。旦那のほうは何でもきちっとやる。そしてとってもやさしい。情の人なの。だから、いつも笑うのよ。高血圧で寒がりで、情の人。私は低血圧で暑がりで、意の人。

ただね、相手を自分の思うようにしようとは絶対思わない。自分の思うことはちゃんと言うけれど、相手をそのとおりにさせようとはしない。べきとか、べからずとか、絶対にしない。べきなんて、どこで分かるの？

私のたった一つの取り柄はね、相手の言うことをよく聞くの。よく聞いて、私のほうがおかしいとか、間違っていると思うと、すぐ謝るわけ。

美しく老いるなんて、とんでもない話で、そんなことできません。だんだんと悲しいように年取っていく。朝、疲れた顔してますよ。ああ、ひどいなあと思うの。そこに鏡があるでしょ。掃除をしながらひょいと見ると、あのよたよた歩きをしているの、私？　こんなの、あり？　ってね。鏡を見なけりゃ自分の顔は見えないけど、向こうは見えているわけでしょ。気の毒だから、あんまりひどいと思われない程度に、起きたらすぐに髪を整えて、顔に化粧水はつける。口紅もちゃんとつける。でも、塗りたくったら絶対だめ、年寄りはね。

相手も気を使っているなというのがわかれば、ひどくなったじゃないかとは言わないわね。お互いさまよ。旦那がつまずいたり、なにかをこぼしたりしても、「ほら、こぼした」なんて言わない。自分も同じことするんだから。

たくあんの切り方も工夫次第

変わるのはこれ、しようがないわね。けど、こんな朝顔だって、夏が過ぎてしけた花になっても、毎日咲くのを見ると、励まされるわ。私たちも終わるまで一生懸命生きなくっちゃって思うでしょ。毎日ちゃんと水をやる。古い花を取ってやる。そしてこっちへ置いたり、あっちへ移したり、陽の当たるところに出してやる。それだけの手数をかければ、いまだに咲くんですもの。

そして見ると、やはり私たちもお互いに手をかければ少しは保《も》つ。保たせるってことよ。老人に、絶対、健康なんてことあり得ません。もう八十五ですからね。健康のことばかり考えていたら、健康病になっちゃう。二十歳すぎると、一日に十万個の細胞がなくなるって言うんだから。十万個掛ける三百六十五かける六十五……。それで健康なんて言ったら、化け物です。

年を取るのは当たり前、と思うの。ただ、それをなるたけ保たせるということ。私たち子どもがないから、面倒を見るのはお互い同士。力がないから、転んだって起こすことができない。だから転ばないように。車椅子になってもそれを押せないから、寝たきりにならないように。

そのためには適当な散歩と、ちょっとした運動と、食べ物。ですから私、食べ物をとっても大事にするの。年寄りは目で食べますからね。きれいだなと思うと、ちょっと食べてみようかなと思うの。お薬も大事だけど、食べ物も大事。毎日の変化も工夫次第よね。

　今まで私はみんな手料理で、近所のものは取ったことがないんですよ。でも今度はね、主に外食するつもりだったの。私ももうくたびれたしね。たまには家で食べるけれど、外食を中心にしましょうよ、と言ってこちらに来たんですけれど、そうはいかないのよねえ。

　お魚は新しいからおいしい。でも、やっぱり煮たり焼いたり、それだけじゃなくてわき役がいるでしょ。今までもおよばれはほとんど行ったことがないんですけれど、年を取ってくると、こぼす、落とす、くちゃくちゃ食べる、ね。また、それを家庭の味として、幸せとしていたから。

　よそへ行って、まだ私のことを覚えている人がいて「あ、沢村貞子だわ」なんて言われると、やっぱり気取ったりして、主人も嫌がるし、ついつい、こっちへ来てほとんど食べに行ったことがないの。ただお客様が来たときだけは、おいしいお鮨で勘弁していただく。

　料理って、ものを作ることですからね。作るってことは楽しいことよ。このほうが格好がいいなとか、ちょっと赤がたりないなとかいってサラダに人参を散らしてみたり、黄色がないなと思うとみかんをむいてつけたり。

たくあんだって、薄く切っても刻んでも、小綺麗にね。私の好きな言葉は何でも「小」がつくの。小綺麗、小ざっぱり、で、小憎らしいことは言わないようにして。

食べすぎない程度で、そしておいしいと思う程度で。せっかく、こしらえたんだから食べてちょうだいとは絶対言わない。あるがまんま。お互いに、食べたいだけ食べる、そういうふうにしているの。

無理はしない、自然がいちばん

年取ったら、こんなことするよりしようがないんじゃないかしら。暮らしていくっていうのはね。いつまでも生きようとは思わないの。なるたけ自然に、終わるまで、寝たきりにならずに済ませたい。

無理をしないからいいのかもしれない。私たちはね、無理はしない。どうしてもいやだと思うことは、まったくしない。人間って何億年も経っている宇宙の中のちっぽけな地球の上でちょっと、一瞬ともいえない時間を生きるだけですものね。それを無理して、ああだ、こうだというのは気がしれないわ。自然、自然。自然流でいいのよ。

旦那の世代は、男子厨房に入るべからず、でしょ。それがね、この頃、火、木、土には食後に洗い物してくれるの。私がよたよたするもんだから、たまには僕がするよって。でもすぐ忘れるの。だから私が今日は火曜日ですよ、木曜日ですよ、って言うの。するとちゃんとやってくれるの。

洗い物なんか自分でやっても大したことないんだけど、やってくれるっていう気持ちがうれしいの。今の若い人は始終やってもらっているから何ともないかもわからないけれど、明治女は感激しちゃうわけよ。

だから、歩み寄らなきゃね。大事なのはお互いの価値観ですね。価値観が同じだったら、後は変わっていかなきゃつまんないじゃない。ああだ、こうだといっても結局は「これがいいわね」というものを探し出しますよ。

私は母のことを始終書いているけれど、母は私の胸に生きているんで、お墓参りなんてあんまり行かないんですよ。それでいいんじゃないかしらね。お墓、お墓っていう人もいるけれど、日本中お墓だらけになっても困っちゃうしね。そりゃ、死体ごと放り込まれるわけもないんだから、焼いた残りの灰をほんの少しもらってきて、それを太平洋でも日本海でも、この近くの海でもいいから撒《ま》いてもらう。

このごろ礼儀をもってやればいいって言いだしましたね。やってもいいような、やってはいけないような、でしょ。はっきりしない。

遺言もちゃんと書いています。まさかそんなことはと思っても、人間社会ではまさかにの勾玉《まがたま》で、とんでもないことが起きるから。罪作りにならないように、ちゃんと書いて、きちんとしてあるの。延命のための治療はしないようにということもね。

お正月は楽しくささやかに

毎年お正月、皆さんにいらしていただくのを、最近はお断りしているの。でも、お正月がぜんぜんなしっていうのも寂しいから、ちょっとお正月らしいものをこしらえて、着物も、白髪に似合う似合わないなんて言わないで、わりと派手なものを着て、はい、お正月ですって笑うのよね。お互いに、今年もどうぞよろしくって。

昔は働く人の休みはお正月とお盆しかなかったし、昔のお正月というのは大行事でした。「もう幾つ寝ると……」っていう歌のとおりよ。

役者の家ですから、兄や弟は芝居で大変でしたね。大晦日から元旦、初詣に行くのが楽しみで、父も着物をきちんと着替えて、家族でよろしくお願いしますなんてやったものよ。羽子板市も賑やかでしたしね。

浅草の家はこぢんまりした家でしたが、それでも門松を立てました。西原へ越した最初の頃、鳶《とび》の人が来て立派な門松建ててくれて、はずかしくてね。お正月に九州に行きましたら、小さい松に梅を添えて竹筒に入れたのが飾ってあるのを見て、これはいいなと思ったんです。

その後、何年もずっと、竹筒を斜めに切りまして、そこへ松と梅を入れて、それを門のところに水引きで結びましてね。この間お手紙をくだすったご近所の方が、お宅の門松ももう見られませんねって残念がってくれて。マンションじゃあ置くとこがないから、部屋の中に飾りましたけど。それが私たちのお正月。

七草粥とか、十五日の小豆粥とか、二人とも懐かしいもんだから、やるのよ。それでお正月を楽しんで遊んでるの。だから私たちはお正月が好き。

今のお正月は、クリスマスに追われちゃって、値打ちがさがっちゃったけれど、でもお正月はあったほうがいいわ。あ、また一年過ぎたっていう区切りよね。一年ごとのお正月に、年を取るということはこういうことだと思いますよ。ほんとに自分の身体中が変わっていくわね。だから、それに合うように、合うように暮らしを変えていかないと。

いつまでも若いときのようにしようなんて、ぜんぜん思いません。自然よ。自然流。でも、遊びっていうのがなくっちゃね。

昔から私は自分がどうしてもしたいことで、人に迷惑をかけないことをしてきたの。つまり、遊んでたわけよ。そのためにいろいろ苦労してきたけど、したいことをして苦労をするのは当たり前だからね。そりゃ覚悟してたから、何てことはない。今も遊んでいるし、これからも、残りの人生を遊ぶの。

でも人に迷惑をかけちゃ、遊びにならない。自分のしたいことをしていい、ただし人に迷惑をかけないように、とこれだけはきちんと躾けられた。下町に生まれたというのはとても幸せね。何をしてもいい、いやなことはやめなさい。ただし、自分で責任を持ちなさいと言われた。

いやなことをするというのは情けないこと。それをしないためにどんな目に遭っても、それはしようがないと思うのね。大勢の中で自分のしたいことをするんだから。

そこんところが主人も私も同じだから、こうやっていっしょに年取ってきたんです。残りもそうしようと思っています。

対談　老いる幸福

河合隼雄
沢村貞子

暮らしの隙間

沢村　先生のご本をいろいろ拝見しているものですから、初めてお目にかかったような気がしないんです。

河合　そうですか。

沢村　最近とっても喜んだのは、先生のおっしゃる「年よりはブラブラしてたほうがいい」っていうの。生き甲斐だとか、なにかすべきだとかってすぐ言いますでしょう。もうさんざん仕事をして一生懸命生きてきたんだから、あとは生きてるだけで勘弁してもらいたいと思ってたんです。そうしたら、『老いのみち』というご本にブラブラしてるほうがいいって書いてある。遊ぶというのは子供の商売で、年寄りの商売はブラブラしていることだと思うんです。
河合　本当は若い時もブラブラしてていいんですけどね。しかしそれはあんまり言えないから（笑）。
沢村　あれはとってもほっとしました。
河合　沢村さんの『寄り添って老後』を読みましたんですけど、とらわれず生きておられるっていうのかな、自分の人生をしっかり生きているとこんな感じになるのかなと思って、その感じがすごくよかったです。
沢村　私はできることを一生懸命して、いやなことはしませんでしたから。でも、よく付き合いましたけど。
河合　それはどうしても付き合わざるをえないです。一つ好きなことをしようと思ったら、十ぐらいいやなことをしないと。僕は好きなことばっかりしてますけどね（笑）。僕はやらなければならないことは好きになることにしているんです。

沢村　なんでも一生懸命見て、どこかいいとこないかしら、と思うと、ありますね、一つぐらいは。

河合　あります。

沢村　私の本を皆さんが読んでくださるのが、本当に不思議なんです。毎日、新聞を見ても雑誌を見ても、立派な方たちの本がいっぱい、どんどん、出るでしょう。

河合　立派な本はあんまり面白くないですから（笑）。

沢村　それで、うちの主人がうまいこと言うんですよ。暮らしの中には必ず隙間っていうものがある。障子の破れのないうちはないし、どこかがたがた隙間がある。あなたの書くことはみんなその隙間に入っていくんだって言うんです。

河合　僕、その隙間というのね、たましいだと思うんです。いま、日本のキリシタンの人の文章をちょっと読んでいるんですけど、たましいというのはラテン語で「アニマ」というんですが、それを「ありま」と聞き間違って、

「在り間」と書いてあると言うんですね。だから、存在の隙間なんです。

沢村　はあー。なるほど。

河合　それこそたましいでしょう。すごいなと思って。隙間のわからない人は息が詰まるわけですよ。みんなの目に見えない隙間が、僕はたましいだと思っているんです。だから隙間のことを書かれるというのは、それはたましいのことを書いてあるんですよ。それでみんながほっとするというか、読んで嬉しくなるんですね。

沢村　私は、なんて言っていいのか、いま自分が年をとっていくということがとても面白いんですよね。ああ、年寄りってこういうのかなあと思いますでしょう。鏡があって、私が掃除をしながらよたよた歩いていて、ええっ！これが私？　ええっ！　こんなのあり？　と思ってびっくりしちゃうんです。もう少し若い頃に、老けをやるので歩き方なんかいろいろ工夫したんですが、それと全然違うんです。あら、あら、違ってるじゃないのって（笑）。

河合　そこをお聞きしたいんですけど、やっぱり演劇というのは、お婆さんがそのままお婆さんとして出て来られるよりも、お婆さんとは違う人がやっているから演劇になるというとこがあるのと違いますか。
沢村　ええ。そうです。
河合　つまり、かえって隙間ができますからね。
沢村　そう、そう。そういうことなんですね。ただお婆さんが出てきてお婆さんをやったんじゃ、べつに面白くない。歌舞伎の言葉に、役者は乞食でも綺麗にしろって。綺麗にって美しくという意味じゃなく、観客に不愉快な思いをさせないようにやれって。そういうことを子供の時に歌舞伎のほうで、よく聞いていましたけど。
河合　沢村さんは日本の文化の中にはいっておられて。しかし、若い時は一ぺん出てられますよね。
沢村　ええ、まあ、文化といったって、私は役者の家《うち》に生まれたおまけですから。男の子は、父がどうしても役者にしたいと思って大歓迎だけど。女の子だと、泣くとうるさい、男の子が泣くと、ああ、口跡《こうせき》がいいって、すごく不公平なんです（笑）。私は弟の付添いで付いていて、弟の足の裏を拭いたり煽《あお》いだりするんですが、誰も見ませんでしょう、私のほうを。ところが私からはよく見える。それがとてもよかったと思うんです。幕の横に坐って、弟の芝居を見るお客が、泣いてるわ、あら、笑ってるわっていろいろ見ますでしょう。それで私、わりとものを平静に見る習慣がついたんじゃないかと思うんです。

河合　ほんとによく見ておられると思います、文章を読みましても。

沢村　自分も見ちゃいます。

人生のアレンジ

沢村　『こころの処方箋』というご本に、あんまり立派な親はかなわないって書いていらっしゃる。私もよくそう思うんです。私にはちょうどいい親だったなと。

河合　立派な親っていうのは近所迷惑ですね（笑）。頑固親父というのはいちばんいいんですね。なんだあの馬鹿野郎っていうんで、俺も負けるかと思って頑張りますからね。そして、結構、自分もおなじようになるんですけど、最後は。

沢村　年をとるとどうして頑固になるんでしょう。

河合　頑固にも種類があるのと違いますか。自分の持って生まれたもので、これだけはぜったいに譲れないというのがあるでしょう。老人というのはその完成期にありますから、そういう頑固が出て来ても当然と思いますね。そういう頑固は生まれた時から死ぬまで通していいんじゃないかと思います。それを時どき曲げて、世のため人のためになんかしようとかしだすからへんなことが起こるんで。

沢村　せっかくだから、ずっと大事にしなきゃ。

河合　そうでなければ、なんのために生まれて来たのかわからんと思います。そういうものを沢村さんは貫いてこられた、という感じを僕はうけます。

沢村　どういうんでしょうね。やっぱりちょうどいい親だったんですね。

下町のことですからよくあることですけれども、娘を花柳界に売らなかったし、年頃になって、お金持ちの家からお嫁にっていわれると、そんな、娘を玉の輿《こし》に乗せるほど落ちぶれちゃいないっていうんですからね。

河合　なかなかいい筋が通っていますね。

沢村　母もほんとうによく尽くしていましたけれど、それでもってぺちゃんこにはなっていなかったですね。台所でちゃんと縄張りを持っていました。

河合　それが昔の、女性として自分を通す一つの方法ですね。だから男子は厨房へ入っちゃいけない、それは、助けに入るんじゃなくて、侵入することになるんですね。

沢村　そう、そう。

河合　完全に、お前の世界は絶対に尊重する。俺は勝手なことをしてるけれど、という意味で厨房に入らなかったと思うんですよね。

沢村　ちょっと入ると、「向こうへ行っててください」って言いますからね。

河合　いまは、また違う生き方がありますけど。ただ、いまのようにお互いに助け合っている場合は、自分の世界を作るのが非常に難しくなるんですね。

沢村　私なんかこのごろ、主人にちょっと厨房に入ってもらっているんです。もう、年をとってきますと、よたよた、よたよた台所をやっていまして。外食がいやなもんですから、つい、うちでもって、狭いところでがたがた、がたがたやってる、それで、やっぱり見かねたらしいんですね。火木土は俺が片付けてやるって。片付けるだけですよ。こしらえるのは、私。それで、旦那が私の割烹着《かっぽうぎ》を着て片付けていて、私はソファーで新聞読んでいる。そうすると、とてもらくちんですねえ（笑）。早くこうしていたらずいぶんらくちんだったと思います。

河合　やっぱりタイミングがあるんじゃないですか。いつからやるか、すごく難しいことですね。憲法改正ですからね。

沢村　あんまり、いいです、いいですって断ってもね。向こうもせっかく言ってやったのにと思うでしょうし。

河合　世界が新しくなるからそれはそれでいいんじゃないですか。失敗したり、いろいろ発見しますから。ただ、どの年齢でそういうふうな変化が起こるかは、すごく大事だと思います。人によって違うでしょうしね。

沢村　そうですね。

河合　いま、若い夫婦でいっしょに厨房へ入ってやっている人いるでしょう。たいてい四十ぐらいになったら入らなくなると思いますね。両方とも、「やめたあ」とか言ってね。

沢村　倦《あ》きますものね、暮らしにもね。ずっとしなかったことにも倦きるだろうし、し過ぎたことにも倦きるだろうし。

河合　そうです。早くから協力している人は、早く非協力的になるんじゃないですか。そういう全体のアレンジというのは、いまの老後はほんとに難しいですね。

沢村　まさか八十まで生きるなんて、予想していなかったですものねえ。

河合　考えてもいなかったことをやらされるわけでしょう。だから、男にとっては、そういう変化が入って来たというのは、素晴しいことだと思いますよ。

いつも前を見て

河合　八十二歳になって家をかわられたというのは大したもんですね。感激しました。

沢村　まったく、猫と女は引っ越しが嫌いなんですよ。だって、女は、どんな家でも、なんとかみんなが暮らしいいようにと思って一生懸命片付けたりしているでしょう。で、やれやれと思っているのに、越すって言われたらいやになっちゃいますよ。私なんか、夢にも思わなかった。

河合　そうでしょう。

沢村　戦後、下町から越して来まして、前の家には四十二年いましたから。海の見えるところへ行きたいって主人が言うんですよね。考えちゃいましてね。四十何年この家に住んでて、毎日見ている顔はだんだん老けてくる、食べるもんだってそうそう違うものもできませんもの。この暮らしに倦きたかもしれない。私だって倦きるんだし。でも、どうしようと思って、ひと晩、ちょっと寝られなかったんです。
河合　それはそうでしょう。
沢村　翌日の朝になって「やっぱり越しましょう」って言ったんです。
河合　すごい思い切りですね。
沢村　下町もんのせいですかね。
河合　いつも前を向いておられるから、ということを感じますけど。後ろを見るのが大好きな人と、前を見るのが好きな人といますよね。よし悪しは言えませんけど、僕も前を見るほうなんです。それにしても、よく思い切られたと思います。
沢村　二人でそんなとこへ行って退屈しませんかって、皆さん、心配するんです。ところが退屈している暇ないんですよね。本を読むでしょう。太陽を見るでしょう。朝、まず南向きの部屋のカーテンをずっと開けると、波の顔が違うんです、毎日。ああ、今日は風があって、こんなだとかね。そして夕方になると、ちょうど窓の向こうに日が落ちるんです。その沈む時の色の綺麗さ。これも毎日違うんです。その時になると、ついそこへ行って見とれちゃう。お米とぎながら、ああ、日が沈む時間だと思って。雲の出方も違うし……。自然にこんなに魅《ひ》かれるもんですかね、人間っていうのは。

河合　そう思いますね。やっぱり帰っていくところというイメージがありますね、海は。

沢村　そうですね。大したことも考えないんだけど。あんまり海や太陽に恥ずかしい生き方したくないと思っちゃう。おてんとさまに申しわけない、とよく言うでしょう。

男と女

河合　どうでしょうね。年とってきた場合の男性と女性というと、女性のほうが強いですかね。

沢村　生活ということを知っているから。でも、やっぱり、女が独りになったら、ずいぶん寂しいだろうと思います。男の独りは、いまはすぐ食べられるものをどんどん売ってますから、そんなでもないかもしれない。
河合　どっちがどっちと言えんでしょうね。寂しさの質がすごく違うと思いますけど。それでもやっぱり、男のほうが弱いんじゃないでしょうか。中年で離婚したあと自殺するのは男が圧倒的に多いですね。
沢村　そういえば、男やもめに蛆《うじ》がわき、女やもめは花が咲いちゃうんですね。でも、一人になってのうのうとして、いい気になり過ぎると、女はたちまち崩れますから。
河合　のうのうとするのはよくないですな。
沢村　両方うまくやっていくのは難しい。
河合　わかり過ぎた者同士だとまた、二人でのうのうとしますからね。わけのわからんのがいるから、生き甲斐があるというか。
沢村　そうなんです。

河合　絶対にわかりあうということはないと思いますね。だから、いくら年とったって、結構面白いです。

沢村　私、自分でもいいかげんだなと思うんですよ。うちの主人は、清潔で曲がったことはとってもいや。置いたものが曲がっていればすぐ直すぐらいのきちっとした人なんです。それで情が深い。手紙というものは、すぐ返事を書くものだって言う。私は、いいじゃないの、向こうだってそんな、すぐ返事が来たらびっくりしちゃうわよ、なんていいかげんなの。清潔で情の深い人と、いいかげんで意志の強い女と。ずいぶん違うんです。

河合　だからお互いのバランスですね。あまり違うと壊れますし。僕の考え方によると、お互いに似たところでは関係がつながってて、違うところでは発展していくんじゃないかと思ってるんですけど。

沢村　ああ……。

河合　あんまり違いすぎると、発展的解消してしまって、ばらばらになるんですけど、あんまり同じだったら発展がない。そこが、面白いんですね。

沢村　持っている価値観は同じですからね。そこは絶対だと思うんですけど、他のことはずいぶん違うんですよね。

河合　いちばん大事なところでぴったりあう。

沢村　あんなのいやねって言うと、うんって言うんですよ。そこはいいんです。それじゃあ、同じことをするかというと、向こうは向こうに、私はこっちへ行っちゃうでしょう。

河合　あんなのいやねっていうのは、僕らはあいつはあほやなと言うんですけどね。家中で、他人のことをあいつはあほや、あいつはあほやいうて言ってますけど。そこでぴたっと合って、あとまたぱっと違うことを明確に言えると面白いなって思ってるんですけど、なかなか難しい。

沢村　言いたいことは、相当言います。ただ、自分でたった一つ取り柄だと思うのは、言いたいことを言いますけど、相手の言うことを聞くんです。「違うわよ、そんなこと」って言っているうちに、ああ、そうかもしれないと思うと、「あ、ごめん、それは私が悪いわ」ってすぐ謝っちゃうんです。

そこは単純な江戸っ子で、それで、まあ、もってるんですかね。

河合　言いたいことを言おうとする限りは、向こうの言うことを聞かないと話になりませんわ。向こうにも言いたいこと言うてもらわないけませんからね。ただ、言ってはならないことというのは、何かあるみたいですね。

沢村　あります、あります。これは絶対言いません。

河合　そこはものすごく大事なことじゃないでしょうか。

沢村　その周辺のことも全く言いません。よく選べるなと自分で思うほど……。

河合　それを言ったらもうおしまいっていうのは誰でもあるんですね。言わずにいるというのは、やっぱり愛情いうことになるのかな。不思議なことですね。どんな関係でもそうですけど。

沢村　だから私、よそのうちのことで、あなた、どこへ行くの、あなたのお父さんの仕事はって、そういうことは絶対に訊《き》かないです。親類のことでも訊かない。例えば弟が亡くなった時に、どうなってるの、保険金はどうなのって全然訊きませんでした。姉が、あなた知らないの、訊かないのって言うから、足りなきゃ、自分が足してやるんだったら訊くって。だから冷たい、冷たいとも言われるんです。まあ、あんまり温かくはないかもしれないけど、むやみに入っていくのはよくない。

河合　もし訊くんだったら覚悟がないと。

沢村　訊いてもしようがないです。歌舞伎に九十まで現役でいた（尾上）多賀之丞さんという女形がいて、ちょうど（NHKの朝の連続テレビドラマの）『おていちゃん』が始まるころに、「おじさん、『おていちゃん』っていうのをやるのよ。見てくれない？」って言ったら、「朝っぱらから人のうちのいざこざ見てもしようがない。まあ、あんたんだから見るけどさ」って。うまいこと言うと思って。一生役者で、人のうちのいざこざばっかりやってたくせに（笑）。

河合　それは、見てもしようがないというのと絶対見たいというのと二つあるんですね。誰でもそうでしょう。二つあるからその狭間のところにドラマができてくるんでしょうね。

沢村　その狭間のうまいところに入ったのを、いい芝居だなあと思って感心するんですね。

主役と脇役

河合　役をつくられるということと、心理療法家というわれわれの仕事は似ていると思うんですよ。治療に来られた人を本気でわかっていくというのは、すごく似ていると思います。長い間かかって、だんだんわかっていくんですけど。芝居がほんとでないからこそいいというのと同じことで、僕らもほんとうにわかるということはもちろんありませんしね。だから、相手も僕にわからそうと思って努力されるわけでしょう。まだわかってない、まだわかってないって。言ってるうちに、それを通じて向こうもわかってくるんですね。

沢村　それじゃあ、私の思っていたのは、あれでいいのかしら。相手の話はとにかく聞くんです。それで、どうしたのって黙って聞いているでしょう。そのうちに、相手のほうが自分で、ああ、そうかって。

河合　私の仕事はもっぱらそれです。聞いているうちに、気づかれる人もあるし、なかなか気がつかれない人もあるし。

沢村　気がつかなくても、何もおっしゃらないのでしょう。

河合　あれ考え、これ考えしてますけど、本質的には、話を聞いていることがほとんどです。初心者のころは一つ一つ熱心に聞くんです。それはだめなんです。例えば金がなくて困っているというと、ああ、金がない。この人、どうしたら金が儲かるかと思うでしょう。そういうふうに聞くと、話がそこに固まっていくわけです。そうすると、金のないことだけが一番大きいことになってしまってだめなんです。ところが、ああ、ないんですかあ、死にそうやというと、ああ、死にそうですかあと、ぼわーっと聞いているといいんですね。そうすると、そんなもん全部超えて、何か動き出すわけですから。

沢村　ご本にも「マジメも休み休み言え」って書いてありますね。

河合　全部まじめにやれといったら、たまらない。

沢村　かえってよくわからなくなっちゃう。

河合　来られた人はどっこも出口がない、もう死ぬよりしかたがないというふうになって、なんかいい方法を僕が知っていると思われているわけだから、先生、どんなふうにしたらよろしいでしょうって訊かれますよね。もちろんわかりませんから、はい、はいって言うてるだけです。でも、何も言わないと関心がないと思われてしまいますからね。ほんとに一生懸命になっていますよということを示しながら、何もしないということが大事なんですがね。そのへんが難しいです。

沢村　死にたきゃ死ねばいいっていうふうには行きませんものね。

河合　そうしたらほんとに亡くなられるかもわかりませんからね。それは大変だ、なんとか生きてほしいと思っているんだけど、だから助けましょうというのはだめなんです。そこも、役者の方とすごく似ているんじゃないでしょうか。その役になりきってしまったら、見てるほうはたまらないし。

沢村　そうなんです。この人はこうだろうなと思って、そういうふうに見せるということが大事ですね。それでなきゃ、切腹する時や、火傷する時は本当にしなくちゃならない。

河合　だから、私たちの仕事と演劇とはものすごくいろんな点で似ている、それを比較してみてはと、学生に言うんですけど。なかなかみんなやらない。

沢村　似てますね、そうおっしゃられれば。面白いことは面白いんですよ。私、しようがなくて役者になったんですけど、それでも六十年続いたのは、やっぱり面白いところがあったからだと思うんです。私はお金を取って見せるほどの顔じゃないからって、はじめから脇役を望んだんですけど、ちょっとここのとこに葉っぱを出してやったら主役が引き立つだろうな、どう、引き立ったでしょう。ここで枝をもう少し添えたらいいかな、どうかしら、いろいろそういうことに楽しみがありましたね。

河合　主役の人は、わけわからずにやる人もたくさんおられるんじゃないでしょうか。

沢村　いいんですよ、それで。

河合　ただおるだけでいいぐらいで。しかしそれだけではだめで脇役がいる。だから私は、私の仕事は能のワキ、あれとすごく似ていると言ったことがあるんです。ただ坐っているだけですが、あれがいないと絶対サマにならないでしょう。

沢村　そう、能のワキですね。主役は花があればいいんです。綺麗だなあ。いいなあ。べつにそれがどうっていうことなくても。

河合　それは、持って生まれたもんですね。面白いのは、われわれのような仕事をしている人間、私もそうですけど、最初は他のことをしてた人間が多いんです。誰でもはじめは主役になろうとして、自分が主役じゃない人間だということに気がつくのに時間がかかるんですね。そんなふうでしばらく数学やったり物理やったり工学部へ行ったりしてから、われわれの仕事に入って来るという人が多い。だから私のところの大学院の学生さんは、他の学部から来る人ってすごくたくさんいるんですけど、威張っているんですけど、京大の中の全学部から来ましたからね。

沢村　いろいろ一生懸命やってみて……。普通はどうしても主役になりたいと思いますもんね。

河合　それはもう当たり前ですわ。僕なんかでも、数学やって主役になろうと思ってたんだけど、大学に入った途端にだめやということわかりますからね、あれは。

沢村　でも、主役になっていると、いつこの主役から下ろされるかとか、それに齢がありますでしょう。

河合　主役というのは、運命的な力がものすごく大きいから。まあ、言ったら運命の犠牲者みたいなもんですね。脇役は、自分の人生をわりあい自分で歩けますけど、主役の人は、運命を生きなきゃいけないから、大変ですわ。

沢村　それでね、この人気が明日なくなるんじゃないか、明後日なくなるんじゃないかと思って心配なんですって。

河合　面白いですね。沢村さんは人生の主役をやっておられるんだけど。

沢村　そうね。人生じゃ主役ですものね。

河合　私はきょうだいが多くて、おまけとは言われなかったけども、下のほうですからね。おまけというよりか野次馬ばっかりやっていました。野次馬のほうが面白いんですよ、よくものが見えて。見えたことを言ったからよく嫌われました。黙っていたらよかったんだけど。

沢村　見えるからつい言いたくなるんですね。

河合　そう。このごろは、見えたことは言わないことになりまして。見えないことを言うようにしてますけど。うっかりほんとのことを言うと大変なことになりますから（笑）。

沢村　言うことが鋭くなっちゃう、よく見えるから。

カウンセラー

沢村　私も女優さんたちがよく身の上相談に来まして。

河合　いっぱい来られたでしょうなあ。それわかりますわ。

沢村　うかつに人に言ったら、広がるでしょう。みんな知りたがるでしょう。ところが私に話してもそこで止まってると思って。それだけなんです。

河合　それは絶対大きいです。

沢村　目張りの墨が、泣いて黒く流れたスターさんが駆け込んできたり、ずいぶんありました。それは、相手の言うことをよく聞くし、それ以上、こちらでもってほじくり返さないし、人に言わないと思うからだろうって……。

河合　秘密を守ること、よく聞くこと、ほじくり返さないこと、この三つをやったら、大カウンセラーです。それは、いっぱい相談に来ただろうと思います。

沢村　男の人もね。監督もね。

河合　自分の人生いうのをぴたっと生きてないと、自分のとこで話を止められないですね。自分が満足して生きているんだったら、べつにもらったものを置いといてもかまわないけど、自分が揺れ動いていると、秘密というのは、やっぱりお金の代わりですからね、秘密を人に分け与えてお返しが来ますから、どうしてもしゃべりたくなるんですね。カウンセラーの人を見ていると、すごい人ほど、全然言わないですね。

沢村　私は、勝気だとよく言われるんです。自分がしたいことだけはどうしてもしたい、したくないことはどうしてもしたくないという点ではそうだけど、人を羨しいと思ったり、あの人をどうっていうことは一ぺんもないんです。それは自分自身で、ほんとにそうかしらんていくら考えても、ないんですよね。というのは、人のことあんまり気にしてないんですかね。

河合　それ、大先輩に訊いとかないかんけど、年齢が八十とかになっても、同じ感じですか。

沢村　同じです、全然。

河合　私も自分が年とることを考えますからね。いろいろいま予習しているところなんですけど。こういうお話を聞いていると嬉しなりますな。まだだいぶ希望が持てます。

身体の声を聴く

河合　僕も、年とっても絶対退屈しないと思っているんです。僕はもちろん沢村さんとちょっと世代が違いますけど。

沢村　二十違うんですね。先生は一九二八年でしょう。私は八年です。まだ二十年ある。

河合　二十年というのは大きいですね。それでも、もう身体のほうはだんだん老いていきますからね。

沢村　これはもう、一昨日と今日ともう違うんです。どんどん、どんどん。でも、これ、当たり前ですわね。二十歳すぎると、一日十万個ずつ細胞がなくなっていくんだから、十万×三百六十五×六十五……。まだ残ってるのかしらんと思いますよ。残っているから生きてるんだって笑うんですけどね。

河合　立ちいったことになるかもわからないけど、補聴器というのはなかなか大変でしょう。

沢村　そうなんです。難しいんです。最初は大きい音がわっと出ますでしょう。大きい音がそっちにあったら、こっちの小さい音を聴き分けられない。だから、パーティーなんて行ってみんなに話しかけられたら全然わからない。それからテレビを見ながら、話されると、「ちょっと待って。なに、大事なことだったらこれ消して」ってテレビの音を消して聴くんです。若い女の人が高い声で早口でべらべらしゃべるのも、全然わからない。それを、アナウンサーが受けて、普通の声でゆっくり言ってくれるとよく聴こえるんです。いま使っているのは研究してくれていてよく聴こえるんですけども。

河合　やっぱり機械だから、音は全部拾ってしまうから。人間の耳というのはうまくできてて。

沢村　ほんとうにね。あんまり好きじゃない人が、べらべらしゃべってる。帰ってくださいとも言いかねる時は、ちょっとこれ（補聴器のスイッチ）を回しておくんです。

河合　ああ、それはいい。

沢村　便利なことは便利です。

河合　寺田寅彦の随筆にあったと思いますけど、人間は見たくないものにはパッと目をつむることができる。しかし聴きたくないことに耳をふさぐことはできない。これは不思議なことだと。

沢村　じゃあ大したもんです。それができるんだから。

河合　寅彦さんも驚く。

沢村　なんだか知らないけど「そうですね」と言っときゃ、たいていね（笑）。

河合　僕は会議の間によく眠るんです。たまに「いかがですか」とかって意見を聞かれる時には、僕は「いやあ、それはなかなかですねえ」って言うことにしているんです（笑）。

沢村　なかなかというのはいいですね。

河合　昨日、ソ連の宇宙飛行士の人と対談したんですけどね。二百十一日間宇宙にいたというすごい人で、その人の日記を読んだんです。宇宙にいると無重力でしょう。運動しないと筋肉が一ぺんに弱ってしまうんです。だからずっと自転車みたいのを踏んだり、エクササイズしないといけないんですね。ところが日記では何もしてない日とか、すごくやる日とか、それから寝るんでも、二時間しか寝てない日とか、ぐっすり寝た日とかいろいろあるんですね。僕らから考えると、宇宙飛行士なんていうものは鉄の意志をもっているわけで、その意志力でもってがっちりやっていると思ったら、それは違う。どうして調節をするのかって聞いたら自分は身体の声を聴いているんだと言っていました。

沢村　身体の声をね。

河合　なんかやりたくなったらだーっとやる。そして、くたびれてきたら寝るんですって。身体の各部分に、いわばアラームのベルが付いているみたいな感じになる。だから、それが鳴っているところをやればいいというんです。これには感心しました。そうしているから、二百十一日もおれたんでしょうね。面白かったのは、地上に降りてきてからもそうかって訊くと、それほどわからないって言っていました。

沢村　身体の声が聴こえない。

河合　つまり家族の声も聴かないかんし、いろいろなことがあるでしょう。だから、宇宙に飛んでいる時ほど聴こえないって言っていました。しかし考えてみたら、人間は他の声を聴き過ぎて、自分の声を聴き忘れているのがものすごく多いんじゃないでしょうかね。

沢村　ほんとにね。いろんな声が聴こえ過ぎるぐらい。

河合　そう、そう。いまは外の声が聴こえ過ぎるので、みんながそういう補聴器を買ったらどうでしょうか。自分の内なる声を聴く補聴器売ります……。

初出一覧

Ⅰ　すべて書き下ろし

Ⅱ　わたしの昭和――『波』一九八八年一二月（新潮社）／海外派遣だけはやめて！――『毎日新聞』一九九一年一二月二〇日／わたしの乱読時代――『三省堂ぶっくれっと』一九九〇年三月（三省堂）／父のうしろ姿――『ノーサイド』一九九一年八月（文藝春秋）／食べもの雑記――『提灯記事』No. 11／話し上手・きき上手――『言語生活』一九八四年二月（筑摩書房）／友だち夫婦――『世界』一九八四年二月（岩波書店）／恥について――『文藝春秋』一九九〇年二月（文藝春秋）／ご挨拶／幸せって？／男のお化粧／女性のたのもしさ／年始めの会話――『家の光』一九八七年一月～五月（家の光協会）／極楽のあまり風／高価な古物／無欲・どん欲――『明日の友』一九九一年（婦人之友社）／美しく老いるなんてとんでもない――『婦人公論』一九九二年一月（中央公論社）

〈対談〉老いる幸福――『小説新潮』一九九二年四月（新潮社）

あとがき

明治の末、浅草の芝居ものの家に生れた私が、初めて机に向い、原稿紙にものを書いたのは、六十歳――還暦を迎えたときだった。

その頃、家人がライフワークにしていた映画雑誌の筆者の一人が急病で、予定の原稿が間に合わないかも知れない――ということになった。

「……もしよかったら、穴埋めに、子供をみんな役者にするのが夢だった私の父の話でも書いてみましょうか」

そう言いだしたのは私だった。なんとかして困っている家人の手助けがしたかった。

結局――その原稿は不用になったが、私はそのまま、そっと書きつづけた。

脇役女優と主婦の忙しい暮らしに追われて、昔を振り返ることもなかったが……書き始めると次から次に、生《き》一本《いっぽん》で幼稚な下町女の姿がくっきり浮んできて、我ながら恥ずかしく、そのくせ、いとしかった。私の半生記『貝のうた』はこうして一年近く書き溜めたものだった。

社会の波に流されてゆく自分の暮らしを、自分の想いで、じっとみつめて書くのは楽しい。齢を重ねるほど、他人の心も自分の心もなんとなく見えるようになった。人間という生きものの心にひそむ優しさ、哀れさ、醜さなどその変化と面白さにひかれて、なにやかやを書きつづるようになった。そのつれづれの一部を一冊の本にして下さった岩波書店の高林寛子さんの御尽力に心からお礼を申しあげます。

(この本をお読み下さった方へのお詫びを一言——いつも思いついたままを書くので、同じことが繰り返し出てまいりますが、それもこれも年寄りのくどさ……と、どうぞお許し下さいまし)

一九九三年夏

沢村貞子

解説

堀田 力

沢村さんは、この本を出されて三年後、九六年の夏に、ひっそりと亡くなられた。わが「さわやか福祉財団」の情報誌『さぁ、言おう』に追悼の小文を載せ、それからしばらくした頃、ある弁護士さんから連絡があって、「沢村さんが、一億円を越える遺産をさわやか福祉財団に寄附すると遺言されています。遺産の大半です」という思いがけないお話であった。

そのお金は、全国各地のふれあいボランティア団体のためのコンピューターなどに姿を変え、日々、高齢者などをお支えする活動に生かされている。

「みなさんで助け合おうっていう考え方ね、本当に私もそう思うんですよ。私は浅草育ちですが、浅草っていうところはね、そういう町だったんです。だんなが女のところに行ったまま帰ってこないなんていえば、お財布から黙ってお金出してあげて、それでおしまい。あそこのだんなに女ができて、なんてことは絶対に言わないし、余計なことも聞かない」。九四年一〇月に対談した時、沢村さんはそうおっしゃった。これは、まさに私たちが展開している「プライバシーや個々の生き方を尊重したうえでふれあい、助け合うボランティア活動」の真髄である。

だから、私たちの活動に共鳴して下さったのであろうか、この本を出されてまもなくの九四年はじめ、「主人も堀田さんを応援したいと言っておりますから」とお声を掛けて頂いたのが、始まりであった。ポンと一千万円を御寄附下さり、スタートしてまだ三年目の貧乏団体の面々はいたく感動した。きっぱりと女優の道を引かれ、朝な夕な海のたたずまいに心を寄せながらの静かな暮らし――その中から、御主人大橋恭彦さんのお気持だからと、大金の御寄附である。浅草育ちの沢村さんのその心意気は、この上ない励ましであった。

本書が私たちの胸にひびくのは、そういった沢村さんの生きっぷりのさわやかさが、心を洗ってくれるからであろう。

沢村さんは、生き方の達人であり、だから、老いの達人だったのだと思う。

「いつまでも若いときのようにしようなんて、ぜんぜん思いません。自然よ。自然流。でも、遊びっていうのがなくっちゃね」。さらっと遊びをつけ加えられるところが、達人なのである。

「毎朝、髪を結い、化粧水をつけ……そのあと、軽く粉をたたき、うっすり口紅をさす——寄り添って暮らす人へのエチケットだから」。寄り添って暮らす人へのエチケット。このさりげない言葉の魅力。

「親友と呼べる相手を持つ人は、とりわけ、しあわせである。……その貴重な結びつきを永く続けてゆくためには、お互いの深いいたわりが何より大切。……安心し、甘えすぎて、自分が相手を悲しませるようなことをすれば、二人を結ぶ繊細な糸はプッンと切れてしまう。人間の心の奥底には、どんな人にも踏みこまれたくない場所が、たいてい一つや二つはある」

心にしみ通っていく言葉は、拾い出せばきりがない。実にさりげない言い方の奥に、自分の思いを大切にし、同じように夫、恭彦さんや周りの人々の思いを大切にして生き抜いた沢村さんの個性が貫かれている。それが、まことに現代的なのである。

その新しい考え方、生き方は、古い下町浅草の暮らしぶりの中ではぐくまれた。

一九〇八年、浅草の「芝居者」の父加藤伝太郎さんとしっかり者の母マツさんから生まれ、兄である沢村国太郎さんと弟である加東大介さんに比べ、「おまけ」として育てられた様子は、本書でも語られているが、この利発で本を読むのが大好きな少女は、「おまけ」の立場を最大限に生かして、自分の個性を自ら開花させていった。

その個性の土壌となったのが、お母さんをはじめ、そのころ彼女のまわりにいた浅草の人々の心模様である。

私の一番好きな部分を引用する。

「誰も彼も世話好きで、困っている家があればすぐ飛んで行って手を貸すのが当り前になっていたけれど、お互いの暮らしの中に首を突っ込むことは決してしなかったから、よけいな神経を使うこともなく、なんとなくフンワリと暖かい毎日があったような気がする。

少々貧しい人も豊かな人をうらやまないし、すこし豊かな人も、貧しい人を見くだしたりしなかった。（中略）

出来、不出来も運のうち……器量のいいのも悪いのも、頭のいいのも悪いのも、いろいろいるのが当り前——ときれいさっぱり割り切って、お互い同士、なんのかのと差をつけることもなく、手を貸しあって、明るくたくましく生きていた」

一九三二年、演劇活動のため治安維持法違反で特高警察に連行され、二十代前半の若さで一年八カ月にわたって独房につながれながら仲間をかばって口を割らなかったシンの強さは、自分の信念と仲間との信頼を何よりも重んじる彼女の個性の強烈なあらわれであろう。

本書にも登場するマネージャーのYさんは、しみじみと、

「本当に、沢村さんって、不器用な生き方をしたひとなのよね」と語る。西麻布でYさんが開いている「鹿角《かづの》」には、年に何度か訪ねて、うまい酒としゃれた手料理を楽しみながら、沢村さんの思い出話にふける。Yさんがいう「沢村さんの不器用さ」というのは、「何もそこまで人につくさなくても、もっと楽に生きることがいくらでも出来たのに」ということである。私たちは、どんなに辛くても自分の思いを貫いたその生きざまに、限りない尊敬とあこがれの念を込めて、さまざまなエピソードを語り合うのである。

沢村さんが、文化担当の記者であり映画や演劇の評論家であった大橋恭彦さんに出会ったのは、終戦直後の京都であった。当時、夫と事実上別れていた三八歳の沢村さんは、大橋さんと恋に落ち、正式に離別して東京に移る。一年二カ月年下の大橋さんは新聞社を辞し、彼女を追って上京、二人はどん底の貧乏暮らしを始めた。そして、大橋さんの妻が求めた莫大な慰謝料をコツコツと払っていく。脇役女優として大橋さんより収入の多い沢村さんは、大橋さんの映画誌発行を経済面で支え、決して厨房に入らない明治男の大橋さんの生活の面倒をみた。だから、東京以外の地でロケが入る映画の出演は、決して受けなかった。「大学出の生意気なアカ女優」などと非難を受

け、いい仕事をいくつも大橋さんのために逃しながら大橋さんとの暮らしを最優先した生き方は、「不器用」そのものである。

私との対談で、「家の中では男女同権だけど、外見は旦那の方が威張ってる。そのほうが好きだし、私にはカッコよく見えるんです」と語った沢村さんは、外見には古い明治の夫婦関係を、自分の思いを貫くという新しい考え方で全うしたといえよう。

六〇歳で二人は籍を共にし、一九九四年七月、恭彦さんは、八四歳にして五〇年の寄り添い合う生活を終える。一〇月、対談のため湘南の海辺の部屋にうかがった私は、恭彦さんの遺骨を納めた壺に手を合わせた。

「私が死んだら、主人の骨と一緒に私の骨もこの海に撒いてもらうの」とおっしゃっていた沢村さんは、二年後の一九九六年、恭彦さんのもとに旅立たれた。八月一六日、お盆の送り火の日。

『さぁ、言おう』に載せた私の追悼文である。

沢村貞子さんを悼む

人のため、そして最愛の夫、恭彦さんのためにつくし切った沢村貞子さんは、

結局、自分の想いをもっとも大切にして生きた人であった。

星ひとつ　寄りそひゆきぬ　やがて秋

一九九九年一一月

（さわやか福祉財団理事長・弁護士）

沢村さんを思う

山崎洋子

八月十五日は沢村さんの十八回目の命日にあたる。あと三月ほどで満八十八歳になるはずだった。そして私は、なんと昨年沢村さんの年を越えてしまった。

沢村さんを思い出し、私自身を振り返ってみると、なんというか、情ないような同じ八十八歳なのが申し訳ないような、そんな気分になってしまう。今度『老いの楽しみ』のあとがきを書くことになり、あらためて読み返してみた。

うまいなあ、内容も文章もいいなあ、どこもかしこも沢村さんだ。

「老い」ついても、老いるのも悪くないか、と思わせてくれる。

時々「この頃よく粗相するのよ、お湯呑をころがしたり、お醬油入れを倒したり、自分じゃ十五センチ手を上げてるつもりでも、十センチしかあげてないのよね」

「今日と昨日じゃわからないけど、今日とおとといははっきり違うのよね」などと言っていたけれど、

「髪を洗うの大変でしょう、洗ってもらったらどうですか」と聞いたら、

「大丈夫よ、カンタンよ」と言った。

今頃になって、カンタンじゃなかったじゃありませんか、と髪を洗う度に思う。

あの頃の私は、沢村さんが大丈夫よ、と言えば、そうか大丈夫なんだと、そのまま受け取ってあっけらかんとしていた。

八十過ぎて沢村さんはこうだったのかと日々実感としてわかっても、もうどうしてあげることもできないのはわかっているのに、ウジウジと後悔しているのは自分でも困ったものだと思っているのだけれど。

「動物が好きなんだけど、自分で世話することが出来なかったら飼っちゃいけないのよね」

と何度か言っていた。

そう言えば昔はキャンキャン鳴く犬とか、グッピーと言ったか、メダカのように小さな魚、池には鯉があふれて、沢村さんの手から直接エサをもらっていた、葉山では雀がエサをたべるのを飽かず眺めていた。

沢村さんは本当は猫とか犬を飼いたかったのではなかったか、犬は散歩に手がかかるけれど、猫なら沢村さんが世話をしなくても人手は充分あったから容易に飼うことは出来たはずだった。

沢村さんはみんなに遠慮して言えなかったのではないか、そう思うとなぜ私が猫飼いましょうと言わなかったのかと又々後悔にさいなまれる。

そして想像するのだ。

勝手気ままに振るまう猫を面白がって見ている沢村さんの姿、大きい猫はやめよう、尻尾は短い方がいい、時には沢村さんのひざに乗ったりもする。

そんな風景をしょっちゅう想像している私は頭がおかしいのではないかと自問したりもする。想像したから慰められるわけもないのだから、やっぱりおかしいのかもしれない。

沢村さんが亡くなった今も、私はずーっと沢村さんとおしゃべりをしている。

この国のことを報告する。

東日本の災害のこと、放射能という人為的な災害で、多くの人が、苦労の生活をしていること。

沢村さんがこの本に書いた、「政治というのはいろいろ難しいだろうけれど、この国の偉い人にお願いしたい。日本が戦争に参加しないことを外国から非難されても、「私たちの国には平和憲法がありますから」と言明し、その代わり、飢えた難民には食糧、病人には医療など、できるだけの援助をする政治を考えてください。」（一〇一頁）という願いは、この国のえらい人達の耳には届かないだろうということなども報告しなければならない。

「戦争を知らない子供達にも困ったものねえ」と、ためいきをつくことだろう。

葉山に引越す前、上原の頃だったと思うが、「誰か、まな板をけずってくれないかしら、まん中が減っちゃって使いにくいのよね」と言う。私はいささか驚いて、「えっ、けずるんですか、買えばいいじゃありませんか」と言うと、

「あ、そうか、そうよね、買えばいいんだわ」

と言った。

その頃まで佐久間さんという運転手さんがいて多分彼がけずっていたのだろう。

それにしても、もう浅草にだってけずって使っている人はいないだろうと思われる頃のことで、私はつい笑ってしまった。

沢村さんが浅草で暮らしたのは二十すこしすぎた頃までのはずだが、「昔の浅草」を尻尾のようにずうーっとくっつけたまま生涯生きたのだった。私は、相変わらず沢村貞子という人に、これどうしましょう。これどう思います?」と言いながら生きていくことだろう。たのしい思い出などを書くようにと言われたけれど、「老いのグチ」になってしまったかな。すみません。

二〇一四年七月

本書は一九九三年九月、岩波書店より刊行され、二〇〇〇年一月、岩波現代文庫に収録されました。底本には岩波現代文庫版を使用しました。

ちくま文庫

老《お》いの楽《たの》しみ

二〇一四年八月　十　日　第一刷発行
二〇二五年五月二十五日　第七刷発行

著　者　沢村貞子（さわむら・さだこ）
発行者　増田健史
発行所　株式会社　筑摩書房
東京都台東区蔵前二―五―三　〒一一一―八七五五
電話番号　〇三―五六八七―二六〇一（代表）
装幀者　安野光雅
印刷所　中央精版印刷株式会社
製本所　中央精版印刷株式会社

ISBN978-4-480-43198-1 C0195